闇の行動指令書

しまなみ海道に消えたミス

風向良雄
KAZEMUKI YOSHIO

幻冬舎MC

闇の行動指令書
しまなみ海道に消えたミス

本作品はフィクションです。
実在する人物・団体とは関係ありません。

人物紹介

青木治郎……海上保安庁最強の男
関口…………六管区本部警備課長（佐渡金山所有）
合田…………六管区広島航空基地パイロット
（海上保安庁最高のヘリ操縦技術を誇る男）
増田…………巡視船の航海長（青木の上司）
北島恵利子…ミス大洲
山中裕子……ミス松山
宮本…………大洲市商工企画課長
高木裕一……暴走族のリーダー：漁師
山本良雄……暴力団幹部
古谷…………宇和島海上保安部警備救難課専門官
西垣…………海上保安庁本庁警備課専門官
チン・シュウ・ミン……中国人マフィア
小島、山田、竹本、リ・ベン・チョン……チン・シュウ・ミンの手下

目次

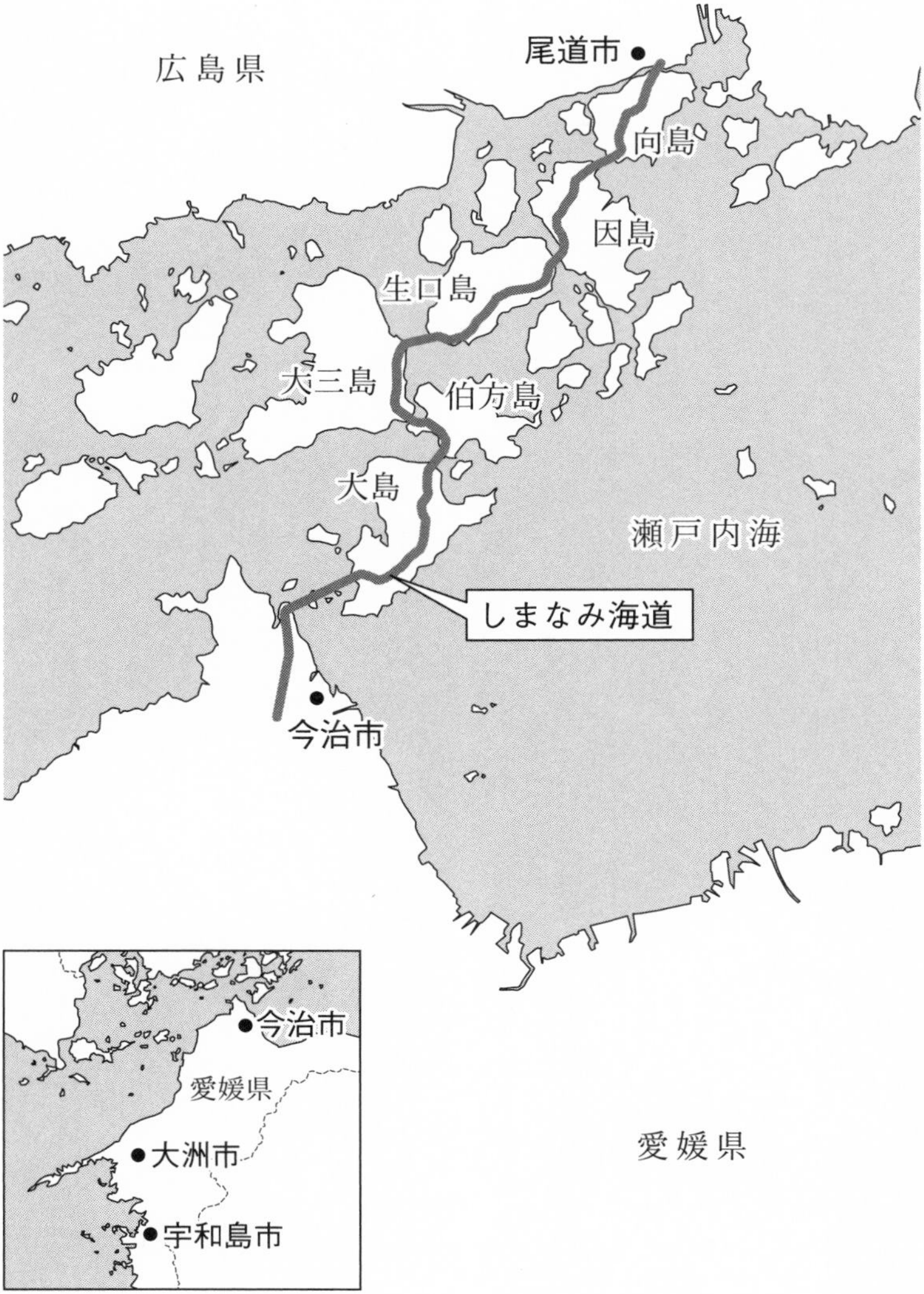
広島県
尾道市
向島
因島
生口島
大三島
伯方島
大島
瀬戸内海
しまなみ海道
今治市
愛媛県
今治市
愛媛県
大洲市
宇和島市

プロローグ

平成十一年十月二十八日午前六時十五分、海上保安庁中型巡視船『あきづ』は、紀伊半島最南端の潮岬沖合を航行していた。京浜・中京港むけの大型コンテナ船が行き合う。大阪湾や瀬戸内海コンビナート地区への中型、小型タンカーが行き合う。東京湾、大阪湾や瀬戸内海への物資輸送のため、大小の船舶がここを目指してくる。本州最南端の潮岬沖は船舶の東西交通の要所でもある。航海科の当直士にとってはほかの船舶との見合い関係を的確に判断し衝突事故を未然に防止し、安全航海を期するため緊張する海域でもある。はるか東の空、中層雲の隙間の水平線に輝く朝陽が昇る。先任当直士と操舵する海上保安官の号令が飛び交い、先任当直士が指示をだす。

「面舵七度（右にまわる）……」

操舵手が復唱し、ジャイロコンパスの指示方位を報告する。

「面舵七度……二百五十度……二百六十度……二百七十度……二百八十度……」

見張りが右舷後方の状況を報告する。

「右舷後方よろしい」

「もどうせ……」

「もどうせ……舵中央。二百八十度」

「二百九十五度ようそろう……」

「二百九十五度ようそろう……」

取り舵面舵を調整しながらジャイロコンパスの示度を注視し指示針路に定針する。ジャイロコンパスを見ながら針路を合わせる。横ゆれの動揺に身体を合わせ保持しながらの操船も思うようにいかないこともある。

「ようそろう……二百九十五度」

潮岬から二百九十五度の針路は巡視船『あきづ』母港の田辺沖にむける針路である。

警備救難情報システムを見る当直員から報告される。

「衝突コースになる船舶はありません」

「了解……」

「時間経過で追跡するように……」

「了解……」

機能的に配置された船橋内中央には操舵輪右側にジャイロコンパスやレーダー、さらに警備救難情報システムの各種航海計器が設置されている。すぐうしろに機関制御室がある。さらにそのうしろが通信区画になりＯＩＣ（運用司令室）となる。

速力指示両舷前進九ノッチ（速度調整器）。速力はログで二十四ノット（スピード単位：時速約四十四キロメートル）を示している。ＧＰＳで二十五ノットを示していた。鋭い船首は波を蹴散らし、扇型を描く、船尾の排水流の状況がわかるモニターから白いウエーキ（排水流の波）が盛りあがる様子をとらえていた。天気晴朗順調な航海である。右舷正横約三マイルに白い潮岬灯台や測候所のアンテナが見える。本土から突きでたちいさな半島の西端である。

北西の風七メートル波浪三、僅かに波頭がくずれて白波が立っている。雲量三の晴れであり、そんなに荒れている航海でもない。朝陽を受けて海の色は重い青色を表わしていた。上部の波は僅かにくずれて白色の泡となって筋を引く。遠くに和深崎の突端が見える。

五日間の哨戒行動を終えた基地入港日であり、航海科や機関科の若い海上保安官はうきうきしている様子が十分にうかがえる。

海図台の横におかれている船舶電話がコールしている。通信科当直が応対する。

「巡視船『あきづ』です。おはようございます……ファックスですか。切り替えます」

応対のやり取りからしてファックスの受理らしい。スタートボタンを押す。内容が気になる。海難発生の指示も時にはある。海難救助対応の指示かとでてくる用紙を真剣に見つめる通信科担当。やがてでてきた用紙を見た担当は、航海科先任当直士にファックス用紙を渡した。

『青木主任航海士を六管区松山に派遣させよ。関西空港保安航空基地のMH五百三十二がすでに基地を飛び立っている。HRの場所はヘリパイロットとあきづ船長所定とする。五百三十二と調整の上対応願いたい。五警備課長』末尾には田辺オペレーションと記載があった。先任当直士は了解した。あとすぐに青木の業務処理班である班長の村上通信長、それに航海科の増田航海長、藤江機関長の各科長と船長、業務管理官に報告された。

第一公室のポールドからは白い波は僅かに見える。船体はあまりゆれていない、概ね凪ぎの航海である。あと二時間もすれば基地に入港して潮にまみれている船体の水洗いもできる。あとは緊急出港に備え清水を搭載する作業になる。

巡視船『あきづ』乗組みの主任航海士、青木治郎……通称ボースンは第一公室所定の場所のソファーに座り考えていた。まだまだ新造船であり傷みもない。数十年を経過した船でもなく、おおきな汚れもなく整備作業も考えてなくていいものと思っていた。好きなコーヒーを飲みながらそう考えていた。一瞬目を閉じ、頭をうしろに伸ばしていた。

「ピ、ピー」

緊急指令や指示をだす信号である。船内スピーカーで放送された。

『青木主任航海士、船橋まで……繰り返す。青木主任……』

朝も早い時間に何事だろうと思いながら青木は椅子から腰をあげた。入港後、作業の打ちあわせなのか。船の現状から急ぐ整備の仕事もない。突発的な作業が入ったのだろうか。船体中央の通路を取り船橋への階段をあがった。船橋に行く手前のＯＩＣで増田航海長が待っていた。

「ボースン、六区からの要請ですぐに松山に来てほしいとのことらしい」

増田は受けたばかりのファックス用紙を見せた。青木はファックス用紙を手に受け取って見ていた。第五管区海上保安本部警備課長からなのか……直感した。松山からの要請である。第六管区海上保安本部警備課長の関口経由であることはわかっていた。

「松山ですか。なんの用件だろうか？」

「特に詳細はきいていないが、松山の案らしい」

「急な話ですね。段取りはどうですか、あと二時間もすれば田辺に入港するのでしょう。それからでもいいと思うが……」

「いや、急用らしい。もうすぐ関西空港保安航空基地のMH五百三十二が来る。HRでピックアップしていってくれないか？」

派遣するのに航空基地からMH五百三十二がすでに飛び立っているのか。そんなに急ぐ用件なのか。取り急ぐ用件もいまはない。

「特に用事もないしいいですが」

「あとは、小出航海士にまかせるから。頼む」

入港後の作業は、直近の部下である小出航海士にまかせればいい。必要とする六区の作業はいったいなんだろう。部屋にもどると制服を脱いで青と黄色主体の救難服に着替えブーツを履いて所要の物品を確認していた。携帯電話と多少の額のはいった財布である。最低限の着替えを用意し、再度船橋にあがりＯＩＣで待機していた。急な要請なのか、すでに関西空港保安航空のＭＨが飛び立っているのか。六管区松山でいったいなにがあるというのだ。救難服に身を包み青いアポロキャップを被っている。ゆれるデスクに手をついて一点を見つめている青木だった。

航海長の増田はＯＩＣにたたずむ青木をじっくり見ていた。身長百八十八センチ体重九十キログラム、均整のとれた筋骨隆々の身体。外国人なみの体格をしている。あらゆる武道や格闘術を習得している。射撃や小火器に精通し、射撃は抜群の腕で一級のスナイパーでもある。船を離れれば常に行方知れない謎の男になる。神戸商船大学を卒業しているときいている。外国航路の大型商船にそのまま乗っていれば、いまごろはこわもてのするとんでもないチョッサー（一等航海士）になっていただろう。そのような男が、どうして海上保安庁にいるのだろう。超一流の女を常にからめる男、海上保安庁最強といわれる男。再度第六管区海上保安本部からの要請である。第六管区管轄の愛媛県中予地区でいったいなにを展開しようとするのか。今年の六月に広島市や呉市で展開した陸海空の三次元のオペレーションになる作戦になるのだろう。闇の舞台に登場する女はボンドガールなみの超一流の女ときいている。普通の海上保安官じゃない青木にしか似あわないそれなりの女であろう。行ってこい。六区からの要求である。思う存分暴れてこい。今年の六月末、広島や呉で密航にからむ悪党の壊滅作戦は、お前が休暇を取って対応したことは公然の秘密だと知っている。さらに本庁勤務のころ同じく本庁警備課にいた西垣専門官と交流もあり、青木の話が出た。西垣も情報通で民間船会社に顔がきく人脈があった。断片的だが、青木が冷酷非情な人間の要素があることもきいていた。船会社のそれなりのポストの人の話によると、大学を出て商船に若い航海士として乗船しているころ地中海のある島に最愛の恋人がいたらしい。その恋人が犯罪組織に惨殺されゴミのような扱いになった。船をおりて現地警察に強力な捜査を求めたが一蹴されたときいている。それから青木は犯罪組織の壊滅のため冷酷非情な男になったのではないかと推察されるとのことだった。

誰も手に負えない悪い奴を闇から闇に葬る謎の男になれよ。増田はそうつぶやいていた。

静かに外国たばこに火をつける青木。流れる紫煙を、目を細めながら避ける。ニコチンとタールで全身の筋肉を覚醒させているのだろう。その増田のうしろで腕を組んだ機関科先任当直士の藤江機関長と村上通信長が、その男、青木を見ていた。

藤江機関長は昨年四月、第三管区海上保安本部横浜海上保安部所属最新鋭の巡視船『よこはま』から、村上通信長は第四管区海上保安本部警備救難部通信課からそれぞれ巡視船『あきづ』に転勤してきた。藤江は青木を見ながら思っていた。噂できいていたが、この男が海上保安庁最強といわれる男なのか。数回船内の風呂を同席したが、鍛えあげられた肉体を保持している。過去展開した格闘の歴史の証明なのか、右わき腹に幾筋かの太い切創痕がある。三管区での活動の実績はないが、六管区や七管区で謎の活動をやり遂げる男として名を覚えていた。村上通信長は、業務班が同じでありその身体が歴戦を象徴していることを認めていた。

通信長がなにか言おうとして青木の前にでかけたところを増田が制止した。そして小声で村上にささやいた。

「通信長、いま、青木は化け物退治前の精神統一を図っている。嵐の前の静けさを求めているのだろう」

「了解」

船橋の船舶電話が鳴る。航海当直が電話を取り、後部をふり返る。やがてＭＨ五百三十二が上空に飛来するだろう。席を立つ青木を見ている仲間たち。青木を必要とする事件なのか。今度はどのような犯罪組織なのか、からむ女が現われるのか、航海長の増田は背中を見ながら含み笑いをしていた。女がからむ事件とはいったいなんなのか。いつものことながら平然とやり遂げる男……青木ボースン。街に散見する並の女では似あわない。きっとボンドガールなみの女だろう。

増田が声をかける。

「青木頼んだぜ……」

「わかりました……」

午前六時三十五分船橋の船舶電話が鳴った。当直の航海科の海上保安官がでる。それによると、ピックアップのヘリは広島航空基地のMH六百五十三に変更したとのこと。パイロットは合田らしい。青木の海上保安学校の同期生である。迎えは六区広島航空基地の合田パイロットなのか。

増田は青木を見つめながら思っていた。いつもの同期生が来るのか。闇から闇に動く謎の男のドラマはすでに同期たちによって脚本化されているのだろう。

青木を吊りあげて、機内に収容しそのまま六区松山に飛行するとのことである。M

H六百五十三はすでに日ノ御埼沖合に到達しているとの情報があった。もう六区広島のヘリが飛び立っていたのか。数分後、和深崎方面の上空にMH六百五十三の機影が確認された。MH五百三十二はすでに到着して上空で待機している。ターボプロップのエンジン音がうなる。まもなくMH六百五十三が現場海域に到着した。MH五百三十二のクルーは『あきづ』を周回し、手をふって潮岬西方の海域から離脱した。時計は午前六時五十分を示していた。『青木主任航海士がMH六百五十三に移乗する。HR部署配置につけ……繰り返す』増田の声が船内に響き渡った。警戒用の高速警備救難艇がすみやかに本船から降下され所定の警戒配備についている。青木は船の幹部に言った。増田がこたえる。

「じゃ、行ってきます……」

「気をつけて……」

青木はOIC後部出口から船外にでた。

針路二百九十五度機関指示両舷微速速力七ノット制定。MH六百五十三が船尾方向百メートル高度百フィートに占位した。針路を制定し速力を次第にゆるめて、ゆっくり『あきづ』の船尾に進入する。うなるエンジンの音が高くなる……ダウンウォッシュの風が船尾を包みその付近海面が飛沫《しぶき》をあげる。やがてホイストラインがおろされた。救難服に身を包み、縛帯を締め、左舷船尾甲板上で待機している。ＭＨ六百五十三が左舷船尾上空五十フィートに占位する。高度約十五メートル巡視船『あきづ』との相対速力がゼロとなる。赤い縛帯に取りつけられたカラビナにホイストフックが取りつけられた。上空を見あげながら親指を立てた右腕がまわる。吊りあげ開始ＯＫの手信号である。ヘリのホイストマンが状態を確認しホイストラインが引きあげられる。午前七時〇〇分青木の身体がデッキを離れ宙に浮く。身体が甲板サイドのハンドレールチェーンをかわしたところでヘリが斜め上空に高度をあげ離れる。ダウンウォッシュの風を受け機体に近づき、やがて機体のなかにはいった。そのままＭＨ六百五十三が横にスライドし『あきづ』からおおきく離れた。機首を低くして西北西に針路を取った。やがておおきく迂回して『あきづ』左舷側を低空で飛行し西の空に飛び去った。左舷船橋に増田以下当直員が手をふっていた。ヘリの小窓から青木は手をふってこたえていた。

第一章 ミス大洲の夏

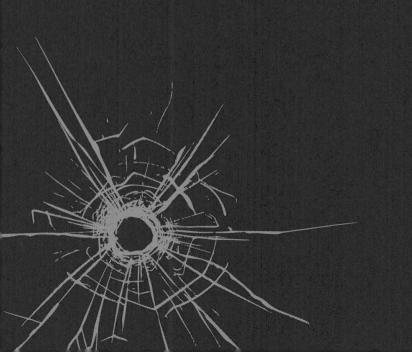

八月二十一日。暑い日々が続く……夏雲が朝早くから顔をだしている。初日の今日はしまなみ海道生口島と大三島を結ぶ世界最長の斜張橋である多々羅大橋……大三島側のふもとにある多々羅しまなみ公園で愛媛県への観光客誘致のイベントである。イベント会場は各市町村の企画の準備が整い、あとはしまなみ海道を訪れたお客さんを待つばかりであった。南東側のガーデン護岸からは隣の島である生口島、遠くに岩城島が見える。さらに瀬戸内のちいさな島々が一望できる。島の間をちいさな船やおおきな船が行き交う。愛媛県西の山間の街、大洲市から来ている恵利子はよく見ききする瀬戸内の風景そのままと思っていた。愛媛県といっても東西に長く、東地区を東予、松山周辺を中予、宇和島周辺を南予と称している。さしずめ大洲市は南予になる。間近に見える多々羅大橋がみごとな人工美を映している。その橋のむこう側は、生口島で西日光の名前がある耕三寺や有名画家の記念館がある。

北島恵利子……二十七歳、ミス大洲である。今日から三日間のメインの仕事は松山地区広域観光企画推進協議会の主催によるワイドエリア松山二十二のキャンペーンである。ミス大洲の制服は、赤い服に衿などを太めの黒の縁取りをした服装である。赤と黒がマッチしたキャップも被る。白いたすきに黒字でおおきくミス大洲と表示している。

そよ風があるものの暑いのはしかたない。一緒にキャンペーンをするミス松山の山中裕子さんはすこし若く二十五歳。元気いっぱいの姿はたのもしい限りである。まだ午前中であり人影もまばらである。お客さんは、まだ見たい、ききたいと元気のある顔をしている。子供を連れた家族や、若い男女の連れが多い。会社ぐるみで来ているような団体さんも見受けられた。目の前を通りすぎてゆくお客さんはパンフレットを持って帰り十分に見たら愛媛県に来てくれるかも知れない。笑顔で応対しなければならない。暑い一日、体調を整えねばならない。大丈夫なのだろうか。暑い最中に、笑顔で来てくれるお客さんにお話をしなければならない。元気をだせ、ミスに選ばれたのではないか。街を代表するミスになったのだから失礼のないように一生懸命にやらなければならない。この時間も青春の一ページではないのか。がんばれ、もうひとりの恵利子が声を大にして叫んでいる。平成十年十一月にミス大洲に選ばれてもうすぐ一年が来る。あとすこしで残り半年になる。観光誘致を含め県内の幾多のイベント行事に出席し、いままでおおきな問題もなく過ごしてきた。ミスの拘束期間は来年三月までである。

北西の風がすこし吹いているが、暑さがうなぎ上りになる午前十一時ごろだった。運動会でつかうような簡易テントの下でお客さんを待っていた。風ですこし乱雑になっているテーブルに並んだ愛媛県各地のパンフレットを整理していた。お客さんはまだ多くなくテーブルの前もまばらであった。ふと目をあげると南東側に設置されたイベント広場にあるステージのむこうからバッグを持った一際背の高い男が近づいてくるのが見えた。ステージの前の広場には簡易な白いテーブルや椅子が並んでいるが、その男を見るとテーブルや椅子がほんとうにちいさく見える。その男は濃紺のTシャツに身を包んでいたように見えた。下は半分のスパッツ風であった。

ずいぶんおおきな男性だわ……どこの男性だろう。さらに近づくその男を見て異様な感じを受けていた。ばかでかい身体、肩幅が広く、すくなくとも身長は百九十センチに近いのか。がらに合わない青のバンダナを鉢巻きのかわりにしている。その男は近くのテーブルまでやってきていた。そしてなにか書いている。あっ、愛媛県がお願いしているアンケートにこたえているみたい。照れながら、くじを引いている。三等があたったみたいだわ。愛媛県産のかつお節とワンカップのお酒をスタッフからもらっている。すこし照れているみたいだわ。大男なのに照れているようすを見て苦笑いをしていた。やがてその男はかつお節とワンカップを持参のスポーツバッグにしまうと恵利子たちの前のテーブルに来た。テーブルの上には愛媛県の広域観光用のパンフレットがたくさん並んでいる。広域観光企画協議会が結成され観光客誘致のために作成されたもので県内各自治体の自慢を掲載している。その男性は愛媛県の各地のパンフレットを手に取り見ていた。この男性も愛媛に行ってみたいという気持ちになるだろうか。

間近に見るその男……おおきい、確かにおおきい。わたしも女としてはおおきいほうであるが、この男はむちゃくちゃおおきくて圧倒されそうな気がした。腕や太股は丸太みたいに太く、胸なんて盛りあがってTシャツを押し退けているように感じる。その身体はTシャツで隠れているものの洋画にでてくるムキムキマンのような身体つきをしているものと思っていた。いったいどこの男性なのだろう、仕事はなにをしているだろう。大洲の街でそんなに見かけないほどおおきい。仕事先で役人をよく見ているが、彼は違うだろう。

なにかのプロスポーツ選手なのか。前に立たれたらわたしなど見えなくなってしまうほどおおきな男性だった。三十代かな、いや、四十代かな。四十代前半に見えるような気がする。非常に興味が湧く男だった。このようなイベントの最中に自分の仕事を忘れて目の前に現われたその男性をここまで観察する自分自身に驚いていた。どうしてなのか、なにかありそうな予感がした。いつのまにか、知らないうちになにか強烈な展開に引きこまれそうな予感がした。意識したのか自然とその男の前にあるテーブル方向に笑みを浮かべ近づいていた。眉間にしわを寄せて難しそうな顔をしている……なにを考えているのだろう。取りあげたひとつのパンフレットを見ている。その男がパンフレットを読まないで手を休めたときにおたがいの顔があがり視線があった。僅かに会釈しながら微笑む男性。お返しに笑みを浮かべうなずいた。グッドタイミングであった。声をかけた。このようなときは一番無難な質問である。

「どちらからおいでになったのですか？」

その男は笑みを浮かべこたえた。

「わたしですか？　和歌山県田辺市から来ています」

　このようなイベントでは笑みを浮かべ対応するが、恵利子のほうから先に声をかけることはほとんどなかった。お客さんからなにか尋ねられることはあっても先に声をかけることはない。その男の笑顔に誘われるように先に声がでていたのだろう。真っ直ぐ男に視線をむけていた。瞬間に感じていた。なんてすてきな笑顔なのか。その笑顔に引きこまれそうな感じがする。日に焼けた顔、白い歯、濃く太い眉、やさしそうな瞳。温かい心の持ち主に見えた。上着は濃紺のTシャツだった。左胸にちいさなイルカが描かれている。恵利子が今つきあっている相手もおおきいが、目の前の男のほうが数段おおきい。恋人のことを一瞬忘れている自分に気がついたが、心のかたすみに生まれたときめきは止められなかった。意識しないまま次々に言葉がでた。

「和歌山県からですか？　遠いですね」

「そうでもないですよ」

「ここは島ですから大阪にでて新幹線で来られたのですか？」

「いいえ、別のルートもあるんですよ」

　遠い和歌山から別のルートがあるのかな。フェリーで対岸の徳島県に渡りここまで来たのかな。

「別のルートですか？　そのルートを教えていただけませんか？」

「わたしの乗っている船が近くの島にドック入りしているので船で来たんですよ」

えっ、船で来た？　新幹線やフェリーじゃない。予想外の答えだった。誰もが来るような一般的な自家用車や鉄道の交通機関で来たのでないのか。

「そうですか。じゃ、船に乗っているのですか？」

「はあ……」

照れながら話す仕草、爽やかな感じが全身に滲みでている。恵利子はこの男にさらに興味を持った。船に乗っているとはどういうことなのか。おおきな船に乗る外国航路の船員さんなのか、国内を走る船なのかなあ。いったいどのような船に乗っているのだろう。山間の街で育ち、港街はあまり散策したことはない。遠い昔、学生のころ関東への修学旅行で横浜港や神戸港に行った記憶があるが、当時は船について興味もなかった。

「どのような船に乗っているのですか？」

「白いスマートな船ですよ」

「船の名前はなんていうのですか？」

「『あきづ』といいます」

和歌山県なのか。みかんと梅干しの里とよくきくが梅干しの里の名前なのかしら。たぶんそうなのかな。

「あの南部梅林や秋津梅林はよくきくのですが、その名前ですか？」

「そのとおりですよ」

そうか『秋津』という地名はよく記憶に残っていた。この男をもっと知ることはできないのか、どのような男性なのだろうか、もっとお話しできることはできないのか。質問が次にはでなかった。なにをきこうかと思っていたときにその男から反対にきかれた。

「自転車で今治まで行きたいんですが、時間はどれくらいかかりますか？」

「今治まで自転車で行くのですか？　大変ですね」

「しまなみ海道を走って行こうと思うんですが？」

「そうですか、大変ですね。ここからだとあと四時間程度はかかるんじゃないですか」

「四時間かかるのですか？」

「たぶんそれくらいと思いますよ」

「四時間もかかるのか……」

その男性は腕を組んで考えていたようだった。もうすこし話をしたい、ほかに共通しそうな話題はないか。なにかないか、そうだわたしの街大洲市を宣伝することに決めた。

「あの、大洲市にも機会があれば是非来てください。伊予の小京都といわれて素晴らしいところはたくさんありますよ」

「大洲市ですか。機会があれば寄せてもらいます。記憶で川のそばに大洲城跡があるのを知っています」

「大洲城跡をご存じですか？」

「実際行ったことはないのですが、たしか川のほとりの森に囲まれた石垣が残っていますね。加藤六万石のお城ですね。天守閣はなくちいさな楼があるのを覚えています。それから不思議な肱川《ひじかわ》嵐もあるのでしょう。街全体が霧に包まれる現象ですね？」

大洲市のことをよく知っているのだわ。うれしい気分になった。

「そのとおりです。よく存じで……」

「城跡や不思議な気象に興味がありますから……」

「そうですか……」

「ありがとう。じゃ、がんばって今治まで走破しますよ」

「すみません、わたしは北島恵利子といいます。あの、お名前は？　よかったら教えていただけませんか？」

あれっ、どうしてわたしの名前を言ったり、名前をきくなんて誰が言ったのよ。自分じゃない知らない誰かに言わされているみたいだわ。

「名前ですか。誰も忘れられない名前です。青い木の青木です」

姓だけではものたりない、名前はなんていうのかしら、きいてみたくなっていた。

「すみません、フルネームをできたら」

「フルネームですか。青い木の青木治郎です。治めるに普通のろうですよ」

青木治郎さんか、やさしそうな素朴な名前である。忘れないように頭のなかにきっちり収めた。ますますときめく恵利子だった。

青木は軽く会釈をしてテーブルをあとにした。もう行ってしまうのかしら、残念だわ。もっともっとお話しがしたいのに。あっ、Ｔシャツの背中にプリントしたローマ字が見える。これはなにかの参考になる。すこし小走りになり追いかけた。わかるだろうか。目の前にいるのに再び声をかけられない自分に悔しさが残っていた。しかし、そのローマ字はしっかり頭にいれ記憶させていた。急いで帰りパンフレットの空白にメモを残した。

『ＭＡＲＩＴＩＭＥ　ＳＡＦＥＴＹ　ＡＧＥＮＣＹ　ＰＭ　九十八　ＡＫＩＤＵ』どこの船だろう……白いスマートな船ってどのような船だろう。お金持ちがよく持っている豪華な船なのか。この英語はなにを意味するものか。直訳するととんでもない方向に行ってしまう。マリタイム・セーフティ・エージェンシー……、これはすぐに理解した。これは運輸省の海上保安庁に違いない。海の救助チームなのか。またＰＭ九十八のＰＭと数字はなにを意味するのだろう。船の名前は『あきづ』なのか。海上保安庁の男性なのでしょう。あまりピンとこなかった。もう、この男に二度と逢うことはできないのか。せめてドックのことをきくこともできないのか。はてドックってなにかしら?

その男は遠くで一度テーブルにふりむき軽く会釈をして右手をすこしあげていた。

さよならの合図か。恵利子もその男に自然に背伸びしながら軽く手をあげてこたえていた。やがてその男は去っていった。その男の姿がちいさくなるまで見つめていた。ほんの十数分のできごとであった。そのできごとが心を支配することになった。心のなかでどうして連絡先をきかなかったかと、もうひとりの恵利子が憤慨していた。

城跡に興味を持っているのか。わたしの街、大洲と大洲城址を知っているのか。うれしい気分になっていた。和歌山県の人が愛媛県西の山間の街、大洲市を知っている。待てよ。ドック入りとはどういう意味なのかしら。ドックってなんだろう。わかればもう一度逢えることはできるのか。すくなくともドックの意味を知らなければどうすることもできない。その男が近くの島にいる事実。でもあと二日でこの島を離れ大洲に帰らねばならない。逢えることができる確約でもあれば休みを取りここまで来ることはできる。恵利子の心を支配する、突然現われた男。恋愛対象として考えることはないかも知れない。しかし、知りたい。どのような男であるのか。知ればそれで気がすむのかも知れない。どうすればいいか、同じように来ているミス松山さんはドックの意味を知っているのかしら。お昼休みにきくことを考えていた。

恵利子の横で笑みを浮かべながら男との話をじっときいていた男がいた。大洲市商工企画課長の宮本であった。宮本はその男に非常に興味を持っていた。背中のイニシャル、あれは海上保安庁のイニシャルであり海上保安庁の男だろう。しかし、単なる船員でない。船に乗っている。海上保安庁の船巡視船である。ミス大洲の北島恵利子と何気ない話をしているが、ときどき光る鋭い眼光を感じていた。また身体つきを見てこの男はとんでもない男ではないかと思うようになっていた。腕を組んでしっかりと見ていた。

大洲市商工企画課長として身を預かっている北島恵利子という女。ミスになってからなにかわからないが不安があると恵利子からきいている。ミスになれなかった女性や仲間から恵利子自身へ嫌がらせや家族への嫌がらせ、さらに発展して反社会勢力の関与の有無。いまのところはっきりとした具体性はない。このような鋭い眼光を持つ男は一癖どころか二、三癖のあるとんでもない男と観察していた。この男と知りあいになっていればなにかと役に立つかも知れない。顔見知りになりたい。市役所商工企画課長というのも公的機関の役職であり信用してもらえるかも知れない。その男を知るための接点をどうして持ってゆくか。あの男からすればそう簡単に話はできそうもないかも知れない。接点をどうするのか宮本は考えていた。恵利子との話では近くの島に来ているという。近くの島とはいったいどこの島なのか。ここから数時間かかる島なのか……この島でないのか。しまなみ海道でのイベントは月曜日で終わる。最終日は午後四時で終わり帰宅準備に三十分程度かかる。そうすれば大洲市まで約三時間であるから午後六時三十分ころにはつく。もし仮にその男とコンタクトが取れ一時間から二時間話すことができれば二時間の遅れにすぎない。恵利子と付添いの市役所の女性事務員は快く理解してくれるだろうか。木金は週末の代休を与えられて休みだが火と水は仕事である。事務員も同じだが火曜日に支障をきたすことがなければ話してみよう。宮本はその男の魅力をさぐってみたい衝動にかられていた。ドックはいつまで入っているのか入ったばかりなのか。もう終盤にきているのか。とりあえずどこに入っているのか知ることが先決であった。ドック先をさがし、それからコンタクトを取ればいい。ＯＫしてもらってから恵利子に話すことにするべきだろう。タウン情報の電話を見れば造船所はわかる。場所がわかれば地元のスタッフにアクセスを教えてもらえば時間が計れる。昼休みに電話で造船所の所在を確認することを考えていた。あいにく他町村との調整があり時間が取れなかった。しかし、その男の実態を知るべくことはないかと気をもんでいた。ふと気づいた。宇和島海上保安部に知りあいがいる。後日その知りあいから男の情報がきけるかも知れないと考えていた。

午後〇時三十分。恵利子は、ミス松山の山中裕子とイベント会場の片隅で食事を摂りコーヒーショップでくつろいでいた。山中裕子にきいた。

「あの、裕子さん。船の世界でつかうドックってどういう意味なのかご存じですか?」

「ドックですか? ドックっていうのは新しく船をつくるか、船の修理をする場所ですよ。ドック入りとなれば造船所で船の修理をするのですよ」

「修理のことですか?」

「そう、人間と同じで医者にかかるようなものね。長いこと海を走り、ある期間が来ると船を修理するのよ。そうそう、車の車検みたいなものなのよ」

「そうですか。その修理は長いのですか?」

「詳しいことはわたしも知らないの。一週間や二週間ぐらいかかるのでないのかな」

船の修理なのか、それで二週間くらいかかる。しかし、その修理も終わりに近いのか始まったばかりかわからない。もしも始まったばかりならまだ期間はある。それなら大洲からここ多々羅に来ることもできる。

「北島さんどうしてそのようなことをきくの？」

「ただなんとなくきいてみただけなのよ」

その男が一瞬脳裏をかすめ、すこし動揺し視点が定まらなかった。

裕子は、前にいるうつむきかげんの恵利子の表情や仕草を見て、その動揺を見逃さなかった。ドックのことをきくとはなにかある。

「恵利子さんなにかあるわね。自然な仕草じゃなかったわよ。正直に話してくれない」

裕子さんも鋭いわ。恵利子は感心していた。

「わかりましたか。あのね、お昼前にとてもおおきな男性がわたしたちのテーブルに来たでしょう。覚えていますか？　その男性とすこしお話ししたの。この近くの島にドックで来ているときいたの。それでドックとはなんのことだろうと思っていたの」

はにかんだ様子の恵利子を見ていたミス松山の山中裕子はなにかある、心の動揺があるのを見越していた。また目が潤んでいるように見えて、はっきりとわかるような心のときめきを示していたのを感じていた。

「恵利子さん、ほんとうにただそれだけですか？　なぜか目がすこし潤んでいるわよ。ほかになにかあるわね。隠さないで教えてよ」

うつむいたまま本音を言わずドックのことだけ教えてもらえればと思っていたが、鋭い、さすが同性である。観察力の鋭い裕子さんに観念するしかなかった。

「そう、わかりましたか？　そのおおきな男性がとてもすてきに思えたの」

裕子は思いだしていた。はっきりときこえなかったが、恵利子さんとその男が自転車で今治に行くには時間がどうのこうのと話していたのを……。

「わたしも気になりお客さんの相手をしながらちらっと見ていたの。とてもおおきな男性で、すてきなハンサムな顔だちは強烈に焼きついているわよ」

「その男性にもう二度と逢えないような気もするし、いつの日か突然わたしの前に現われるような気もするの。わたしの身勝手な感性かも知れないし、中身は知らないけどすごい男じゃないかと思っているの。ほんのすこし見ただけなのに恋したのかも知れないわ」

「だけど、恵利子さん。そのような男性であれば、きっとすてきな奥さんや子供さんもいるのじゃないのかしら？」

「たぶんいると思うわ」

「妻子ある男性に恋をするの？」

「はい、いてもかまわないわ。押しかけてどうのこうのじゃなくて、整理して言えないけど。ひとときの恋になりそうな気がするの。おかしいかしら？　いると思うけど、別のこととして考えていたいの」

「まあ、恵利子さんだめよ。将来を約束したすてきな彼はいるのでしょう」

「ええ、いるわ。でも、そのいまの彼とは別の次元で見てみたいのよ。とんでもない男性とめぐり逢うことができる瞬間《とき》だったと思っているわ」

「別の次元ですか。別の次元ねえ……」

　別の次元なのか。毎日おおきなできごともなくあたり前のようにすぎてゆく、仕事をしながらアフターファイブを楽しむが、なにかおおきな刺激がない。仕事がら、あたり前のように出逢う男性……窓口に来る男性。愛媛県の男性しか知らないわけじゃない。次元が違う。なにが違うのか、次元ってなんだろうか。普通であれば出逢わない、普通でないから出逢う男性なのか。普通と特別の違いはなんなのだろうか。普通の生活にはあわない男性が突然現われるのか、それを別の次元と考えるか。感性の持ち方で見方がかわるのか。

「別な次元なの、なんとなくわかるような気がするわ」

「いまの彼を裏切るつもりはないけど。でももうコンタクトできないし、逢うことも
ないでしょう。わたしのことなどもう忘れているのでしょうねえ」

「さしずめ、北島恵利子さんを惑わせる、夏のある日に突然現われたすてきな男性な
のね」

「そうなの。裕子さんその表現はぴったりだわ」

「ねえ、もっとその男性を知る努力をしてみないの？　なにか知るべきヒントはない
の？　ドックといえば船に乗っているのでしょ」

「ええ……」

「どのような船に乗っているのかとか」

「それが白いスマートな船らしいの」

「えっ、白いスマートな船だけですか。想像するだけでもすてきじゃないの」

「着ていたTシャツの背中に『MARITIME　SAFETY　AGENCY』と
書かれていたからたぶん海上保安庁と思うわ」

「『ＭＡＲＩＴＩＭＥ　ＳＡＦＥＴＹ　ＡＧＥＮＣＹ』と書かれていたのですか。恵利子さんまさしく海上保安庁ですわ。それに『ＰＭ九十八　ＡＫＩＤＵ』というのは巡視船の番号と名前だろうと思うわ。その男性は海上保安官よ」

「海上保安官《かいじょうほあんかん》、そのように呼ばれているのですか？」

「そうなのよ。すてきじゃないの。海難事故の報道の新聞でよく海上保安部職員っていうふうに書いているけど海上保安官ですよ」

「保安官ですか……」

「そう、昔のテレビ番組にあったらしい西部劇で悪をやっつけるように、海の悪い奴をやっつける連邦保安官ワイアットアープなのよ」

「海上保安官……そのように呼ばれる男性だったの」

「そうよ。保安官なのよ」

しかし、裕子さんはよく知っているわ。

「裕子さんよくご存知ですね」

「松山市に海上保安庁の事務所があるわよ。たしか港の入り口ですけど、高校生のころ友達とよく港に散歩に行ったわ。それでよく覚えているの。名前は忘れているけど松山にもおおきな白いかっこいい船がありますよ。たぶん巡視船らしいわ」

「ふーん」

「ねえ、恵利子さんがよければわたしも協力するわよ。その男性に逢うことを目的に」

「ありがとう……でも不安なの」

「なにが？」

恵利子は口をつぐんだ。将来を約束している彼がいるのに恋をする……そのことが不安であった。いけないことをしているのではないのか。きっとのめりこむのではないかと。そして、もし、裕子さんにその男性を紹介したら、きっと裕子さんもまいってしまうような気がした。

「不安はあとにしますわ。裕子さん、その男がわたしの青春の一ページに最高の時間を与えてくれそうな気がするの」

「そのように考えているの。んーん、それはもう正体をあばくしかないわね。恵利子さんの出逢いの感性なのね。でもちょっぴりうらやましい気がするわ」

「勝手な思いですけど去りゆくうしろ姿を見ていたら、あとを追いかけていきたい衝動にかられたの。イベントを抜けだしてまで行きたいような感じだったわ。でも無理だとすぐにわかったけど」

「そんなにすてきな男性だったの。それはもう絶対、さがしだすべきね。そうそう、その男性の名前は知っているの？」

「青木治郎さんていうの」

「青木治郎さんねえ……自ら名乗ったのですか？」

「いいえ、知らないうちにわたしからきいていたみたい」

「ねえ、知らないうちになんて、どうして」

「一瞬にして恋をしたらしいの」

「そう、青木治郎さんていうのね……」

「ひと夏の衝撃的な出逢いとして考えるわ」

「ねえ、恵利子さん一緒にその男性をさがしましょうよ。せめて所在だけでもわかるかも知れないわ」

「ありがとう」

「一緒にがんばるわ。松山、いや、愛媛県のキャンペーンの仲間だもの」

午後の部もステージや広場での行事があったが、おおきなトラブルもなく予定通りに進んだ。愛媛県の自治体を紹介するときにすこし風があり、帽子が飛びそうになってあわてて帽子を押さえたことがあった。夜の宿舎で、ふたりは電話帳で造船所の名前と電話番号をくまなくメモした。明日は日曜日であり造船所も休みなのかも知れない。

月曜日の昼に調べた全部の造船所に電話を入れて、巡視船『あきづ』の所在を確認することにした。あわせて造船所での生活をも教えてもらうつもりでいた。日曜日のイベントも特に問題はなく推移した。月曜日の朝ふたりはがっちり握手した。

「恵利子さんのためにがんばりましょう」

「ありがとう……裕子さん」

週明けの平日である。雨が降ることもなく比較的いい天気が続いている。暑いのはしかたない。お客さんもすくなくイベント広場は閑散としていた。イベントはさみしい限りだが目的のある日は別に苦にならなかった。ときどき裕子さんと合間を見ながら目配せをして笑いあっていた。昼休み、昼食もそこそこにふたりは二十社をこえる造船所に電話を入れていた。巡視船『あきづ』の所在はなかなかわからない。ときには何事やとしかられた会社もあった。おたがいに受話器をおいたときに目があった。

「恵利子さん、わかりましたか？」

「いいえ、いまのところぜんぜんだめなのよ」

「そう、こちらもまだなの」

裕子はこれで七社目にかけていた。

「○○造船所ですか？　お忙しいところすみません。そちらに海上保安庁の巡視船がドックに入っていますか？」

「はい、入っていますよ」

「そうですか……恐れいります。船の名前はわかりますか？」

「『あきづ』といいますよ。ところであなたはどちらの方ですか？」

裕子は、一瞬怪しいものかと疑われているんじゃないかと思ったが、ついつい言葉がでていた。

「わたし、海上保安庁のファンですの、いいかしら？」

「そうですか。確かにうちに入っています」

「それで場所はどのあたりになりますか？」

「因島側の生口橋の南側になりますね。田熊町になります。橋の上からだと白いおおきな船が見えますよ」

「はい、ありがとうございます。すみません、ついでと言っては失礼なのですが、ドックでの仕事や生活はどのようなものでしょうか。できれば教えていただきたいのですが、よろしいですか？」

「ドックのことですか。船の手入れですよ。錆を落としたり、ペイントを塗ったりの船の手入れですよ」

「ありがとうございます。それと生活はどのようなものでしょう？」

「さきほど話したとおり、手入れの仕事は船でしますが、昼の食事や夕食はドックハウスというところで摂ります。仕事が終わればドックハウスに帰り休みます。まあ乗組員用のホテルのようなものです。ドックハウスは当社の場合、造船所から離れていますよ」

ホテルのようなものなのか。そこに行けば逢えるかも知れない。離れている場所をきいておかなければならないわ。

「すみません、ドックから離れているとはどういうことなのでしょうか？」

「造船所の正門から東側に歩いてすぐのところにあって、街中に飲みに行ったり買い物に行ったりするのに便利なところにあります」

「そうですか。忙しいなかありがとうございました。なん度もすみません、その巡視船はいつまでドックなのですか？」

「予定は九月十日までですよ」

「はい、どうも忙しいなかありがとうございました。失礼します」

『あきづ』の所在がわかった。恵利子さんに連絡しなければならない。

近くの電話でほかの造船所に電話していたのに気づいたのか電話をおき、笑みを浮かべていた。

「恵利子さんわかったわよ。因島にある○○造船所らしいわ。予定は九月十日まで○○造船所にいるらしいわよ」

「因島ですか。ここが大三島で多々羅橋を渡れば生口島、生口橋を渡れば因島ですね」

「近いじゃないの。ここからだと車でも二十分程度で行けるでしょうね」

「その造船所は生口橋の南側にあるらしいわ」

恵利子は休みのことを考えていた。勤務先の配慮があり週末は休みが取れる。

「イベントの代休が今週の木金と取れるの。その日に逢いにいきたい……どうかしら？」

「大洲から因島まで行くの？」

「それはもちろんですよ」

イベントがあったので役所を休むことになった……それはしかたがないことである。いまの部署は幸い年度末まで多忙ということはない。それより、いまの自分の素直な気持ちを大事にしたかった。あとあとになれば、逢いたい感性をいつまでも維持できているかわからない。鉄は熱いうちに打てというじゃないか。

「ドックでしょう。船の手入れとかで、その男性はそれなりのポストだと思うし、忙しいのと違うのかしら」

「確かに忙しいかも知れないわ。でも、それを気にしていたらなにもできない。前にも進めないわ。所在だけでも……いいえ、もう一度その男性に逢いたいの。その男性とのひと夏の思い出がほしいの」

「そうなの。ひと夏の思い出ですか……恵利子さん。本番の夏がすぎて夏の終わりになっているから。すこしセンチメンタルになっているんじゃないの？」

「いいえ、違うわ。なんていうか、恋愛対象でないような気もするし、一緒に過ごしたい。そばに寄り添っていたいような時間がほしい気がするわ。いろいろと考えるけど、なんていうのか言葉ではっきりこうですと言い表せないけど、いまの彼やわたしをとりまく男性たちとは次元が違うような気がするの。その男性への思いは」

「そのように思っているの。寄り添っていたいの。清楚な温かい感じのする思いね」

「毎日なにもなくて平凡に過ごしてきたけど、ミスに選ばれてからは確かに忙しかったわ。イベントに借りだされ出逢った男性も数多くいた。そのなかにはいいと感じた魅力的な男性もいたのは確かよ。でもいまの彼を忘れたことはなかった。しかし、あの男性に出逢ったとき、わたし自身の立場を忘れさせるほどに心が動いた。その笑顔が強烈に心のなかに入りこんできたのよ。インパクトがおおきすぎたと思っているわ。なにか戸惑わせるような知らない世界に引きこむような感じがしたわ。勝手な思いなのはわかりきったことですけど」

　裕子は真剣な眼差しを見せて話す恵利子に感動していた。出逢いの感性なのかしら……いいほうに考える感性なのか。しばらく恵利子を見つめていた。

「恵利子さん、一緒にその男性をさがしましょうよ。わたしも協力するわ」

「裕子さん、いいのですか。休めるのですか？」

「絶対に休むわ。そのような感性で男性を見る。恵利子さんを惑わせて強烈に引きこむ魅力のある男性をわたしもしっかり見届けたいわ」

魅力のある男性をしっかり見届けたい？　話にきくと、裕子さんにもすてきな恋人はいることは知っている。どのような恋人かは知らないが、その男の顔を見ればハンサムで大男。海上保安官である。

ガーン……裕子さんの横恋慕の情景が浮かんだ。裕子さんがわたしを差しおいてその男と楽しく話をするのを……そして惹きこまれる。これではいけない……裕子さんに言う勇気がすぐに湧いた。

「でもね……裕子さん、横恋慕はだめよ」

「はい、はい。わかっていますわ」

所在だけでも確認したふたりはごきげんだった。午後のイベントも無事に終わり、ふたりはそれぞれの観光協会や市の職員とともに大洲市と松山市に帰っていった。

第二章

因島

木曜日……恵利子は代休を利用し、また裕子は会社の有給休暇を取得し伊予電鉄松山市駅前で待ちあわせをしていた。駅前の大手ステーションデパートの前である。目的は先週の土曜日に出逢ったその男、青木治郎に逢いにいくためである。

夏に日差しを避ける服装である。白いワンピースの襟元にスカーフを巻いている。日焼け防止になる腕の白いサポーター。裕子も同じようなワンピースを着ていた。色は薄いピンクである。それにふたりともそろえたのかサングラスを持参していた。ミスであるゆえ日焼けすることは厳禁である。ミスの任期の間おおきな変化は許されない。ふたりはドアを挟んで微笑みあう。他人が見ればおおきなふたりの女性は変装したタレントに見えそうである。

「さあ、恵利子さんの言うその素晴らしい夏の日の恋人をさがしにいきましょうか」

夏の日の恋人になるのか。

「はい、お願いします」

恵利子と裕子はＳＵＶに乗りこんだ。裕子は活発な女性でＳＵＶを所有しドライブが趣味と言っていた。彼も豪華なスポーツカーを持っているのだがよく裕子のＳＵＶを利用するらしい。今回の作戦でも裕子さんがＳＵＶを提供してくれていた。

「さあ、行きましょう。恵利子さんのひと夏の恋の作戦に」

「裕子さんありがとう。忘れられないの。その男性はきっとわたしを夢の世界に誘ってくれそうなの」

恵利子の心は多少浮ついていたこともあった。

「まあ、夢の世界ですか。まだ逢ってもいない、話もしていないのにもうのろけているわ」

「ごめんね……」

山間の国道三百十七号線を快適に飛ばし、来島海峡の三連吊りの橋を渡る。しまなみ海道は快適だった。裕子の運転テクニックも上級である。エアコンを効かしジャズを流して楽しそうなふたりだった。プライベートのドライブは初めてのふたりである。しまなみ海道の風景や橋を見る旅でない。ある男性に逢うという目的がある。ありふれた男性じゃない、すくなくともいままで出逢ったことのない男性である。その男と出逢った多々羅しまなみ公園のイベント広場が右手に見える。それが数日前のことである。ふたりの前に突然現われたすてきな男性。生口島にはいったが、すぐに島は通りすぎる。午前十一時にふたりは生口橋の高台に到着した。前方に因島が見え、右下の遠方に見える○○造船所が一望された。

「むこうに見えるのがたぶん○○造船所ですよ。外側に白い船が見えるわ」

「そうですか」

裕子は一度車を停めると、双眼鏡を手にした。

「白い巡視船が見えるわ……たぶんそうでしょう。煙突は青いし、日の丸の旗がうしろにあがっているわ」

「巡視船ですね。『あきづ』にまちがいないですか?」

「たぶん『あきづ』と思いますわ」

名前は確認できないけど白い船は巡視船なのと裕子は言っていた。高校生のころ松山市の港にある海上保安部の近所に遊びに行ったことがあったので、巡視船が白いことを知っていた。煙突にコンパスマークがあることも知っていた。だから巡視船にまちがいはないと思っていた。

「あの造船所に行ってみましょう。きっとあなたの言う男性が乗っている巡視船『あきづ』にまちがいはないわ」

「そうですか。じゃ行きましょう」

「昼休みにきっと造船所からでてドックハウスに食事に行くわ。そのときがチャンスよ。愛を打ち明ける勇気はできているの」

「まだまだそんなことは考えていないわ。すこしお話がしたいのよ……彼がいるのよ。ひと夏の恋心なの」

「恋心、恋ねえ、そうですか。じゃふたりで確かめましょうよ」

「はい」

裕子は車を走らせて因島に入った。瀬戸内自動車道をおりて一般道に入った。生口橋の下を走る。まもなく目的の造船所が右手に来る。裕子は車のスピードを落としゆっくり国道を走らせた。

「ここが○○造船所ですよ。ほら正門がここよ」

「ああ……ほんとうだ。いよいよですね」

「いよいよなんて他人事を言っていたらだめよ」

「はい、すみません」

ふたりは造船所の正門を確認した。すこし通りすぎて車をUターンさせて正門の横にある郵便局付近に停止した。幸い駐車禁止標識はない。駐車違反でなく、ほかの車が渋滞する原因になることもない。この位置からは正門からでてくる人は見える。裕子は双眼鏡を用意している。

「この場所が適当と思うわ。正門からでてくる人は十分に確認できる」

「そうね……」

「しっかり見ていてくださいね」

「はい、わかりました」

恵利子はため息をついていた。次第に鼓動が激しくなっていた。ほんとうに現われたらどうしよう、なにを言えばいいの。心の準備となん回も言いきかせながらあせっていた。

午前十一時三十分ころに青いつなぎの服を着た数人の男が造船所の正門からでてくる。全員黄色のヘルメットを被っている。なかにはヘルメットを脱いでいる男性もいる。

　裕子は言った。

「ねえ、あの男性は違うかしら」

「どうでしょうねえ。ここの造船所に勤めている男性かも知れないし、でも背がちいさいわ。その男性はすくなくとも一八〇センチ以上あるのはまちがいないわ」

「そう……一八〇センチ以上あるの」

　でてきた数人の男は前方の横断歩道を渡り反対の歩道を歩いてゆく。歩いてくる男性たちが海上保安庁の男性であれば、その方向にドックハウスがあると恵利子は考えていた。その男たちの行く方向を見ていたが、背中におおきな白字で海上保安庁と書かれているのを見た。

「裕子さん、いまの男性たちは海上保安庁の男性だわ。背中に海上保安庁とおおきく書かれているわ」

　すぐにふり返りその男たちを見る裕子だった。

「ほんとうだ。白くはっきりと書いている。この作業服を着ているのは海上保安庁の男性だわ。つなぎの作業服とはねえ。よく似あっているのと違う？」

ふたりはこの作業服を注意して見ていた。

「もうすぐその男性が来そうな感じだわ」

数分後におおきな男性とすこし背が低い男性が正門からでてきた。おおきな男性もちいさい男性も黄色のヘルメットを脱いで手に持っている。白いタオルを首に巻いている。

「恵利子さん、いまでてくる男性は違うかしら。ここから見えるだけでもかなりおおきいわ」

「そうね。あのくらいあったように思うわ」

胸の鼓動がさらに激しくなる恵利子。双眼鏡を取りだす裕子だった。すぐに覗きこみ、その方向に双眼鏡をあてる。しばらくして裕子が言った。

「すてきな感じの男性に見えるわ。この男性ですか？」

裕子から双眼鏡を借り、手にする……恐る恐る覗く。

「まちがいはないわ。裕子さんこの男性にまちがいはない」

つなぎの作業服を着ているが、まちがいはない。あの日あのときはTシャツとスパッツだったが今回は仕事用の青い作業服。あの顔だち、あの太い腕が十分に確認される。仲間となにか話している様子でとき折見せる白い歯。

「裕子さん……作業服だけどあのときの顔よ」

「そう……早くおりて声をかけなさいよ。恵利子さんがんばって」

「……」

「早くしないと行ってしまうのよ。ほらどうしたのよ」

青木と確認しただけで胸がつまっていた。どうしよう、言葉がでない。なにを話せばいいのかしら。目の前にして戸惑っていた。

「ごめんなさい裕子さん。心の準備をしていても、いま言いだせない。どうしよう」

「どうしようって……わたしにもわからないわ」

ほんとうに心が乱れていた。なにを言いだせばいいか思いもよらなかった。

「ごめんなさい。裕子さん、夕方までに心の準備をしますわ。夕方までおつきあいいただけますか？」

恵利子さんどうしてどうして。目の前を歩いていっているじゃないの……逢いたい一心でやっと見つけた造船所なのに……無理もないのかなあ。しかたないけどそうしてあげるべきか。

「特に予定はないけど……」

「じゃ、お願いするわ」

ふたりともそろって歩いている反対側の歩道を見ている。裕子は思っていた。なるほどおおきい。身長は百九十センチ近くあるのだろう。それに恵利子さんが言うようにハンサムである。腕も太い、枠からはみだしているような感じだった。しかし、気になる歳はどれくらいなのだろうか。わたしたちより上なのはわかっている。世間でよく言われる充実した歳なのだろうか。

「見た感じ、わたしたちより歳がいっているように思うけど歳はわかっているの?」

「歳はわからないの。いま、歳は関係ないの」

午後もこの道を通り造船所に入るのだろうが午後からは仕事である。どうすればいいか。裕子に尋ねた。

「裕子さん、夕方あの男性が帰るまで因島を見物しない?」

「いいわよ。でもいいところがあるかしら?」

「観光協会でパンフレットをもらってくるわ」

観光パンフレットを手にしたふたりは、ここがいいとかあそこにしようとか話し合った。やがて因島の村上水軍城や白滝山に登りご機嫌だった。

午後四時になっていた。昼間と同じ場所に車を駐車させて待っていた。ときどき外にでて待ち構えるタイミングを計っていた。


そのころ、ふたりは気にしていなかったが、数回裕子の車のそばを通る三台の地元の車があった。暴走族風の車である。恵利子たちのうしろ百メートルほどで、その車の男たちが話していた。当然ふたりのファッションを見ている。

「あの車と乗っている女は超一流。どこの女だろうなあ」

「ああ、服を見ればわかる。すげえ女やで。外にでたときに見たけど背も高いし、俺たちには縁のない女じゃ。どこの女だろうか」

「すこしからかうか。あわよくばどこかに誘いこむか」

「そうでもしないと身体が持たないで。あの車を前後で挟むか」

三台の車は発進しＳＵＶの前に一台、うしろに二台。裕子の車を挟むように前後に停止した。間隔の距離がつまっているので裕子の車はでることができない。

「前に車が止まったわよ。うしろにも止まっているわ」

「どうしたのかしらね」

これで車はでられない。どうしたらいいのか。理由を言わないわ。車からも乗っている人はでてこない。車の姿を見ておかしな暴走族風であることがふたりにはすぐにわかった。ああ、どうしよう。どうすればいいの。

「裕子さん。きっと暴走族よ。どうすればいいのかしら」

「ここに駐車していることがいけないのかしら」

「そんなことじゃないわよ」

青木さんの所在確認どころではなかった。やがて、車の男がでてきた。

「お嬢さんいい車ですね。わたしたちにもその素晴らしい車を貸してくれませんか?」

「なんなら一緒に乗せてくれれば島でも案内しましょうか」

因島を見物に来たわけではない。青木さんに逢うために来ている。わたしたちにかまわないでくださいと言いたいわ。裕子は憤慨していたので語気が荒くなっていた。

「いいえ、けっこうです」

「ほう、なかなか威勢がいいじゃないか」

「いいですから……早く車をどかしてください」

「運転席に乗ってみたいなあ。ちょっとだけ座ることはできないのかなあ」

男のひとりが車からおろすように裕子の腕を引いた。

「やめてください」

男は容赦しなかった。無理にドアを開けて引きずりおろされる裕子であった。背が高い裕子はしかたなくおりた。裕子を見てほかの男がため息をついていた。男に無理におろされるときにサングラスが外れた。手に持ちなおす裕子。

「ほおお……いい女やで」

恵利子は助手席でおびえていた。どうしよう。これからどうなるのか。不安でいっぱいだった。

「お嬢さんよ。俺たちにつきあわない。島を案内するぜ。二度と行けないところなんかもご案内しますよ」

男は裕子の腕をつかまえていた。


船の手入れも順調に進んでいる。若い保安官にドック休暇を与える時期だろう。休暇の段取りも考慮することを考えながら青木は船をあとにした。黄色のヘルメットを被りポンツーンサイド係留している『あきづ』からでた。錆打ちをしたので目の保護のためにしていたサングラスを洗うつもりでそのままかけていた。正門をでてヘルメットを外した。相変わらず暑い、汗が噴出してくる。正門をでるとドック内の騒音から開放される。あとは冷水シャワーを浴びてビールでも飲んで暑気払いでもしないと身体が持たない。正門からは右に曲がり郵便局の前で横断鋪道に入り、渡ればドックハウスは近かった。郵便局に近いところに来たとき、そのうしろに四台の大型車があるのが目に入った。乗っている男女がなにやらもめているようである。俺には特に関係のないことかと思いながら歩いていた。横断歩道を渡りちょうど四台が駐車している横に来たときに何気なくその車を見た。車の外にでているひとりの女性が目についた。おっ……おおきな女性。あの顔。多々羅しまなみ公園でミス大洲と一緒だったミス松山じゃないか。どうしたのだろう。いまごろ因島にいるなんて。ちょっと立ち止まり様子を見ていた。すこしおびえている様子がはっきりと見える。おかしな連中にじろじろさぐりを入れられているように見えていた。その連中は六人ほどであり、おおきな声をださずにただ付きまとっているようであった。ミス松山がおびえているように見えたので近くに寄って、そして声をかけた。

「どうかしたんですか？」

裕子はすぐにわかった。松山や大洲から因島まで逢いにきた青木さん……青木さんが来てくれた。いつのまにか来てくれていたのだ。

「いえ」

別のふたりの男がおおきな声を張りあげて青木に近づいた。

「お前はなんだ。俺の女に手をだすっていうのか」

俺の女なのか、ミス松山の彼氏なのか。カップルの痴話喧嘩なのか、これは失礼なことをした……退散するか。しかし、女も男の所有物になるのか、大変なことやな。サングラスをしているが、車内にいるおおきな女性はミス大洲じゃないか。

「そうか、すまんな。勝手にしてくれよ」

青木は背をむけて歩き始めた。

これはまずい。いま、言わなければ、裕子は突然おおきな声をあげた。

「違います。わたしたちの知らない人なのです。さきほどから付きまとって離れないの。車がなんだかんだと言って。お願いです。助けてください」

そうだろうなあ。ふたりのミスである。背の高いふたりの女性にあの連中は似あわないのは歴然としていた。ふりむいて静かに言った。

「早く女性から離れなさい。むこうの島に行くぐらい離れなさい」

はるかむこうに見える岩城島を指さしていた。

六人連れである。集団心理なのか男たちは離れもしないで逆に青木を取り囲んだ。

「なんだよ。女の前やからってええかっこうして。やるのか野郎」

男六人か、そして俺ひとりなのか。男たちの風貌は場数を踏んでいるように見えるが、幼い感じがする。勝負はわかっているのにくだらん喧嘩なんてするべきものじゃない。取り囲む六人の男の目を見ていた。視点がないように思える。ひとりひとりになればそれぞれ恋人もいてやさしいのになあ。静かに言った。

「俺を相手にするのか。一生病院暮らしになるぞ」

「やかましい。やれるならやってみろ」

ふたりは男たちのなりゆきにびっくりしていた。

「ここじゃほかの人間に迷惑をかける。誰もいないところがいいだろう。俺を好きなところに連れていけ。いいか、好きなところにしろ」

ミス松山に声をかけた。

「あなたたちはもう帰りなさい。知らない男には注意しましょう。逃げるが勝ちですよ」

「はい、ありがとうございます」

裕子はすぐにバッグからメモ用紙を取りだしてなにかを書いていた。そしてペーパーを渡した。ペーパーには名前と携帯電話の番号を書いていた。『青木さんですね。ありがとうございます。山中裕子　携帯〇九〇……』青木は男たちの車の一台に乗りこんだ。

「度胸があるじゃないか。いいだろう。あとで泣きごとを言うなよ」

青木を乗せた三台の車は発車した。

車を見ていたふたりは声をだした。

「青木さん大丈夫なのかしら？」

裕子は青木が乗ったアドリックを追うつもりでいた。

「あとを追いましょう。どうなるのか心配だわ」

「ええ……そうしましょう」

「六人もいるのにほんとうに大丈夫かしら」

裕子は青木が乗った乗用車を見失わないようにあとをつけていた。三台の車はゆっくり場所をさがすようにして走っていた。仲間のひとりでも働いているのか生口橋の北側にあるおおきな自動車修理工場の裏手に駐車した。そして広い工場内に連れていった。

ふたりは物置の陰から声を殺してなかを覗いていた。

「ここなら迷惑はかからないだろう。いいぜ」

「ここに入れや。ごめんなんて言うなよ」

なかに入ると男たちはすばやく青木を取り囲んだ。ナイフをだす者、スパナを手にする者、鉄パイプを持つ者。凶器は色々だしていた。

しかし、大人六人であっても特殊部隊に匹敵する海上保安庁最強の男を相手にする技量は〇パーセントだった。囲む六人の男をじっと見つめている。

リーダーのひとりは見て思っていた。サングラスを外したこの男の目はいったいなんだ。目を見ていると動けなくなるように感じる。まるで金縛りにあっているようになる。どうしてなのか。視点が外れていない。心のなかまで見通しているように感じる。背中に書いてある海上保安庁はほんとうなのか。島であるので海上保安庁にはときどき世話になる。リーダーはすこし身を引いた。六人が立ちむかっても歯が立たない。この喧嘩、六人が束になっても勝ち目はない、とんでもない化け物相手になる。下手したら大けが、いや、みな殺しになる。やめろと言うべきか。そのときひとりの男が手をだした。鉄パイプをふりまわし殴りかかった。ひょいと避ける青木だった。再度避けられた反動の力で殴りかかっていた。今度は青木がその鉄パイプを受けて手にした。鉄パイプを持ったまま男たちの前やうしろで手足が瞬時に動いた。ほんの数分だったのだろうか。五人の男は血まみれになって工場内で倒れのたうちまわっていた。ナイフははね飛ばされ板壁に突き刺さっていた。ある者は両手を組んだ錨のシャンクのような腕と拳で顔面を直撃され壁に吹っ飛んでいた。ナイフの男はナイフを構えるだけで身動きできず足でナイフを蹴り落とされていた。あとはボクシングのサンドバッグになりさがるしかなかった。

「お前はやらないのか」

「あんたには勝てない。リーダーの俺はやめておけと言うつもりだった」

「そうか、それは賢明だった」

ほこりを払うためにのたうちまわる男たちの前でつなぎの作業服を脱いだ。下はトランクスのみである。

「俺と張りあうならこのような身体になることが先決や。わかったか」

上半身裸の青木はアルミパイプ椅子を取りあげ、原型をとどめないくらいにぐにゃぐにゃに折曲げていた。男はその椅子を見てあぜんとしていた。そしてうなずくしかなかった。

「まだまだ修行がたりない。噂らしいが、俺は海上保安庁最強の男と呼ばれているらしい。相手にすべきでない」

リーダーのひとりは盛りあがる筋肉や太い腕、身体を見ていた。なんて男なのか、武器を持って襲いかかってきた五人の荒くれ漁師を簡単に始末した。縛り首にする筋肉の塊じゃないか。こんな男を相手にすれば俺なんか簡単に殺されてしまう。けん銃で撃ち殺そうとしても無駄なような気がした。撃った弾を口で受け止めかじりながら不敵に笑う。そんな光景さえ目に浮かんだ。このような男は知っていても損はない。とんでもない男に見えた。いつかどこかで出逢うような気がしてならなかった。海上保安庁の巡視船には海でよくあう。

リーダーらしい男に近づいていた。

「ドックハウスまで送ってもらおうか」

「わかった。身のほど知らずですまなんだ」

やばいでてくる。ふたりは急いで陰に隠れた。幸い車は別の場所においていたので発見されることはなかった。

男と青木はアドリックに乗車した。車内ですこしの会話があった。

「安易なごろまきは相手を見てからにするべきだぜ。注意しないとすべてぼろぼろにされてしまう」

「それなりに考えないと取り返しがつかなくなるだろうなあ。俺は岩城島で漁師をやっている。海上保安庁にはときどき世話になる。ばかなことをした。すまない」

「もういいぜ……相手を見る力も必要だぜ」

「わかった。島にはいつまでいますか？」

「九月の初めまでや」

「そうですか。あんたはなにも困ることはないだろうけど、なにかあったら電話してくれたら協力する」

「そうか。それはありがとう」

ドックハウスまで送ってもらった青木は男からメモを渡された。メモには携帯の番号と名前が書いていた。『高木裕一　携帯番号　〇〇〇』

「高木っていうのか。覚えておくよ」

「覚えておいてくれたらありがたい」

若い漁師なのか。ふと気になりその男にきいた。

「歳はいくつになる？」

「歳は二十八になります」

「そうか二十八なのか。漁師じゃ若いほうなのか？」

「そうですね。若いほうかな」

漁師は後継者がいなくて衰退の方向にむかっているときくが、ここはそうでもないのか。船舶交通の要所である瀬戸内海で、海難事故に遭遇しないように操業していてもらいたいものだと思っていた。

「若いのか。瀬戸内海は船が多く通るから十分気をつけて漁をしてほしい」

「わかった。ありがとう」

ドックハウスの前でおろした高木は笑みを浮かべ疾走した。

いったいどういう男なのか。仲間五人をあっという間に叩きのめした。武器をいや、凶器をそれぞれ持っている。いままでそれなりの場数を踏んでいる連中である。連中が持つ凶器を見ても関係ないような顔をしていた。うしろから前にまわり、前からうしろにまわる。連続した動き、静止はない。でたパンチはすべて的確にとらえている。もろにくらった男は一撃で吹っ飛ぶ。とんでもない男なのか。高木は感心どころか唖然となった。この男が武器や凶器を手にしたら最強の男になるのか。気にかかる存在になっていた。

あとをつけていたふたりは一部始終を見ていた。その男の強さに唖然となった。そしてその男の身体を見ていた。やはり思ったとおりの身体である。武器を持てばさらに強くなるだろう。ふたりはその男が言った海上保安庁最強の男という言葉が心に焼きついていた。最強の男になるのだろう。

「恵利子さん。いまの青木さんを見た」

「はい……」

「さすが恵利子さんね。すごい男をよく見極めるわ。惹きつけるものがあるすごい男ですね。びっくりするくらいに強いわ。海上保安庁最強の男ってほんとうでしょうねえ」

「わたしもわからないわ。言葉のとおり最強の男なんでしょう」

恵利子はほんとうにびっくりするのと心臓がどきどきしていた。いま、喧嘩をした。ただただ強いだけの印象しかない。あっても言う言葉もでないし、さがせない。どうしていいのかわからない。武器を取ればとんでもない強さを発揮するのでしょう。いままでにない最強の男を見てしまった。見たことがさらに胸を苦しめていた。どうするの、これからどうするの。影の恵利子がささやく。

「裕子さんごめんなさい、もう帰りましょう。なんだか疲れたわ。なんにもしていないのに心の整理がつかないみたい」

「帰るの？　せっかくここまで来て青木さんに逢えたのに、思いを打ち明けないでそれでいいのですか？」

「ごめんなさい……」

緊張していた。逢ったところでなにを言うべきか忘れていた。

「そう、わかったわ。でも青木さんって素晴らしい男ですね。さすが恵利子さんね。

その鋭い感性で見つけた。いいえ、惹かれるようにめぐり逢った男なのね。わたしも恵利子さんの言う別の次元で恋しそうかな。でもねえ、あのサングラス姿のときは実際こわかったわ。でもあとで思ったけど超すてきだったわ。こわもてのする男にも見えたわ」

でた、裕子さんの本心なのか。

「やめてね。お願いよ」

「ジョークよ。安心して」

恵利子が恋をするのに相応の素晴らしい男であると裕子は確かに認めていた。わたしだって忘れることはできない。ちょっぴり妬けるかな。しかし、とてつもない男性に見える。恵利子さんと話題を共有する男にしたい希望はあった。ほかの女性も簡単にまいってしまうような男性であることは十分にわかっていた。

「恵利子さんねえ、青木さんは海上保安庁最強の男と言われているみたいなのね。その最強の男っていうのが平凡に暮らしているわたしたちのまわりの世界の男には見あたらないのでしょうね」

「そうですねえ、わたしは役人ですし、裕子さんは銀行員でしょう。そのような男には出逢わないね」

「それはしかたないものかも知れないわ。でも仕事以外で空手や柔道をしている男性もいるからわからないわよ」

「そうね」

「でっ、これからどうするの？」

「場所も電話番号もわかったし、もう一度考えなおしてわたしひとりでトライしますわ」

「ひとりでするのですか？」

「なんとかがんばってみます」

「わかったわ。恵利子さんこれからも協力は惜しまないわよ」

「はい、ありがとうございます。裕子さん今日はほんとうにすみませんでした」

「いいのよ気にしないで、今度はがんばりなさい。またいつでも協力しますわよ」

「ありがとう」

今日逢ってお話しすることはできなかったが、近いうちにひとりで逢う計画を考えていた。夏の日の窮地に陥り突然現われて助けてくれる……その姿、今日のサングラスの姿が忘れられず脳裏に鮮明に残っていた。

第三章 大洲のふたり

その夜、恵利子はベッドで横になって考えていた。山中裕子さんに協力してもらいせっかく因島まで行ったのに声さえかけられず帰ってきた。予期せぬトラブルもあった。なにかがおこるかも知れない。すごい青木さんを見てしまった。簡単に数人の男をやっつけてしまう。そしてすごい身体を見てしまった。

夜になり雨が降りだした。風がすこしあるのか窓に雨があたる……感傷を誘うような雨のしずくが一筋、また一筋と曇りガラスを伝い流れる。『海上保安庁最強の男』といわれている男性なのか。ベッドから身をおこした……逢いたい、もう一度逢いたい。もう逢えないのかしら……窓を打つ雨のなか、外に目を移しながら切ない気持ちになっていた。心まで沈んでしまう。

これではいけない、勇気をだせ……。勇気をださなければ夏の思い出が遠のく。なにもしなくこのままでいればいままでと同じときが経つ単なる夏にすぎない。あの男性がわたしの目に前に現われなかったらそれでよかったのかも知れない。生涯ひとりと決めた最愛の彼がいる。その彼を裏切ることはできない。でもこの機会を逃せばあの男性と二度と逢えない気がした。これでいいのかこれでいいのかと別の恵利子がなにを考えているの、正直な気持ちになりなさいと叫んでいる。彼がいながら決していいことではないと思うが、恋と考えることもできるし、恋でもないような気もする。もう二度とめぐり逢うこともないだろう。海上保安庁最強といわれる男。そのような男とはいったいどのような男なのか。わたしももうそんなに若くはない。それなりの恋もしてきたが、このような男はいままでいなかった。出逢うことはなかった。衝撃的な男として、突然現われ、心をむちゃくちゃにして去った。いまの彼も最高と思うのだけど、さらに彼以上の最高の男が現われたものと考えていいのだろうか。その男のわからない部分が多いのも確かである。一過性の出逢いを表面だけで判断するのは自分自身が浮き足だっているのだろうか。海上保安庁の男である。その組織はよくわからない。同じ国家公務員である……なかには悪い男性もいるだろうが、裕子さんのいう海上保安官の表現が頭から離れない。出逢ったとき、わたしを見つめるそのやさしい瞳は、知らない世界に惹きこむように澄んでいた。眼は心の窓と言うではないか。

信じていいのではないか。愛する彼もいるのに新たな恋をするのか。年齢を考えると、奥さんや子供さんもいる可能性は高い。しかし、いま、そのようなことは考えたくない。その男性とお話をしたい。どのような男性であるのか。お話をする程度でいい。そばにいたい。恋なのか？　違う、恋ではないような気がする。じゃあどうしてなのか。その男をもっと知りたいのじゃないか。彼とは違う男にいま、この自分自身を見ていてほしい。ミスではないごく普通の女として見てほしい。心はその男に占領されてしまっていた。恋なのか……やはり恋なのか、ひと夏の恋なのか。夏の日の出逢いがあった。それに数日後にからまれたときのことが鮮明に脳裏に浮かぶ。逢いたい、もう一度逢いたい。大洲に来てほしい。わたしの生まれ育った愛する大洲の街を見てほしい。そしていつかいつの日か、この街、伊予の小京都といわれる大洲の街に恵利子という女性が暮らしていたと何気なく思いだしてほしい。その男と時間を持ちたい。一緒に歩くだけでもいい。なりゆきまかせの男と女になることも考えられないだろうと思う。その男の横でたたずんでいたい。できればその男に強く抱きしめてほしい。そして、その男……最強の男の生きている体温を、生きている鼓動を感じたい。すぐにセックスと結びつけるような男じゃないことは歴然としているような気がする。そのようなことはちいさい次元であると言われそうに思う。別の恵利子が勇気をだして連絡を取れと叫んでいる。いま、生きている生身のわたし。すぎゆく時間はもう帰らない。過去をふり返りため息をついて『あのときにああすればよかった』と悔いが残る青春時代にしたくはない。決めた。電話をしよう。一度でいい。たった一度でいい、デートをしたい。大洲城址を知っているという大洲を案内したい。知っていてほしい。わたし自身悔いのない二十七歳の夏を最高のメモリーにしよう。

二十七日……金曜日。代休の日である。昼休みはドックハウスにいるというがどうだろう。電話を前にためらいがあった。そのようなことを心配していては前に進めない。受話器を取りすこし時間をおいて番号をプッシュした。

「○○造船所です」

「ああ、すみません。まちがえました」

なにを考えているの。しっかりしなさい。無意識に受話器をおいてしまった。これではいけない、深呼吸をした。そして頭をあげた。再度挑戦。番号をプッシュした。

「○○造船所です」

「あの、すみません。北島といいますが巡視船『あきづ』の青木さんをお願いしたのですが、よろしいでしょうか？」

声がふるえているのがはっきりわかった。がんばれという声がどこからかきこえる。

「どちらの方でしょうか？」

「大洲市の北島ですが」

「そういえばわかりますか？」

「たぶんわかると思います」

「はい、わかりました。ドックハウスにつなぎます」

「○○造船ドックハウスです」

「北島といいますが、巡視船『あきづ』の青木さんをお願いしたいのですが……」

「青木ですね。しばらくお待ちください」

女性の声なのか。ドックハウスにも女性もいるのか。すこし気にかかる恵利子だった。青木さんがでてくれるのかしら。受話器を持ったままであるが鼓動が激しくなる。

「あの、青木さんはまだ船にいるみたいなので、巡視船『あきづ』につなぎます」

電話の保留音が長く感じられた。

「はい、巡視船『あきづ』です」

「北島といいますが、青木さんをお願いしたいのですが、よろしいでしょうか？」

「青木ですね。お待ちください」

受話器を押さえていないのか電話を取った人の声で呼ぶ声がちいさくきこえる。

『青木さんに電話や。ボースンはいま、どこにいる？　すぐに呼んできてくれんか』

『放送したら……』

放送らしい声がきこえる。『青木主任航海士船舶電話第一公室まで』

「しばらくお待ちください」

「はい、わかりました」

心臓が飛びでるほど緊張していた。電話をおいている場所に急いでいる情景が浮かんでいた。

「はい、かわりました。ボースンの青木ですが……」

「青木さんですか。わたしは北島といいます。お仕事中ですか？　いま、電話は大丈夫ですか？」

「昼休みですからいいですよ」

「わたしを覚えていますか？」

「北島さんですか……」

「はい、北島と申します。土曜日に多々羅しまなみ公園でお話ししたミス大洲の北島恵利子ですが……」

青木は思っていた。しまなみ海道で逢ったミス大洲である。また昨日ミス松山と一緒に因島に来ていた。なんの目的であったのかは知らない。付きまとう奴らを懲らしめた。そのとき、北島恵利子とミス松山であるのは十分わかっていた。

「大洲市の北島さんですか？」

「はい、その北島ですが」

「そうですか。先日は元気のでる笑顔をありがとう。四時間で今治まで踏破しましたよ」

笑顔をありがとうだなんて。頬がぽっと紅くなるのがわかった。いままでこのようなお礼はきいたこともなかった。

「そうですか。それはほんとうにお疲れ様でした。大変だったでしょう」

「いまの体力維持の確認だけですよ」

「そのようなことはないと思いますが、それに昨日はありがとうございました」

「昨日ですか？」

「はい、因島で付きまとう男から助けていただいて」

そうか。やはり知っていたのか。それなりの女であろう。

「あれですか。からまれているものと思いお灸をすえただけですよ」

「それでお礼がしたいのですが」

「お礼ですか、いいですよ。特になにもしていないですよ」

そのようなことはない。あの男たち六人をあっという間に懲らしめていた。何事もなかったように静かに通りすぎてゆくような感じで去っていった。

「いいえ。是非わたしの街、大洲に来ていただけたらと思っています。仕事の都合があればやむをえませんが。お休みの日に因島までお迎えに行きます」

「因島までかなり遠いですよ」

「いいえ、お迎えに行きますから、是非来ていただきたいのです」

ミス大洲がここまで迎えに来てくるのか。遠いのだろう……大洲からすくなくとも百キロメートル以上あるのではないのか。休みはこれとてゆくあてもない。付近散策をすることもない。ミスという女性につきあうことも今後もないだろう。ちいさな街のミスであるが、寄港する神戸や大阪のようなおおきな街のミスにひけをとらない感じがしていた。大洲からここまで遠いのが気にかかる。せめて近くまで行けるところに行こう。そして迎えにきてもらうのが最善と思うしかない。

「じゃ、お言葉に甘えて大洲に行きます。ただし今治まで迎えに来てください。今治まで高速船で行きますから」

「そうですか、それはありがたいです。今度の日曜日にいかがですか」

「いいですよ」

「ありがとうございます。じゃ、午前十一時ごろに今治港までお迎えに行きます」

「こちらこそ迷惑じゃないですか?」

「いいえ、そのようなことはありません。すみません、いつもどのような服装なのですか?」

「特に決めてはいませんけど」

「じゃ、待ちあわせにわかるような服をできたら教えてください」

「ドックなのであまり持ちあわせはありません。たぶん軽装です」

「あの、軽装とは？　どのような服になるのですか」

なぜ、細かくきくのだろう……取調べなのか。

「ジーンズにTシャツぐらいかな」

「すみません。色はなに色ですか？」

なぜ、そこまできくのか……なにか魂胆があるのを見抜いていた。

「持ちあわせのクリーム色のジーンズと黒のTシャツでしょうね」

「それだけですか？」

「タバコを入れるのに便利な半袖の白のサマージャンパーを着ます」

「そうですか、わかりました。その服装と色であれば広い港でもすぐにわかるでしょう。じゃ、日曜日の午前十一時に今治港でお待ちしています」

「はい、わかりました。車は安全運転でお願いします」

「はい……」

やったあ、作戦成功である。あのおおきい青木さんであれば、どこにいてもどのような服を着ていてもわかる。着る服をペアルックにしようと考えていたのであった。

クリーム色のジーンズと黒のTシャツと白のサマージャンパーなのか。早速手配をしなければと思っていた。当日に『同じ服装ですね』というのも白々しい。けどいいか。せっかくきいたのだから。

市内のジーンズショップに立ち寄った。気に入るものであればすぐに買うつもりであった。しかし、クリーム色のジーンズのおおきなサイズはあるのかしら……男物になってしまう。服を買うのにこんなにうきうきした気持ちは久しぶりのような気がした。母は、娘の様子がおかしい。気をもんでなにをしているのと部屋に来たことがあった。いいのいいのよ。母さん素晴らしい男とデートするの。その男性は海上保安庁最強といわれる男性なの。わかってね。姿を見たらきっとびっくりするでしょう。今治にゆくのに軽自動車しかない。しかたのないことである。がんばって乗りこんでもらうしかない。

日曜日は休みである。待ちあわせ時間を午前十一時にしたのは、今治を出発して午後〇時ごろが石手川ダムぐらいになる予定とみていた。ちょうどお昼になる。心をこめてつくる弁当を国道三百十七号線沿いの石手川ダムサイトで食べてもらえることになる。あの青木さんが自分の作った弁当を夢中で頬張る。そんな光景を想像しただけで胸が高鳴った。彼とのデートはしばらく休みになる……ごめんね。日曜日が来るのを楽しみにしていた。

一方同じころ、新宿では、ある男が新たな拠点を探し求めていた。歌舞伎町を追われていたのではない。警視庁の浄化作戦や相次ぐ密航者や不法滞在者によって歌舞伎町の人脈も変化してきたのだろう。日本のヤクザも介在し、収集がつかないほど新宿は荒れていた。俺たち中国人だけじゃない。中東や南米のコロンビア、ペルーからも押し寄せてきている外国人のあふれる新宿である。外国人による犯罪の多発。外国人同士の抗争。殺人、傷害、強盗、窃盗、売春、覚せい剤、カードの偽造等あらゆる犯罪の街。四年前に密入国し、新宿に巣食う中国人チン・シュウ・ミン……三十八歳。中国人グループ十名程度であらゆる悪事を重ねてきていた。新しいグループに反逆することは死を意味する。福建グループから北京グループにじわじわと縄張りを荒らされていた。中国人パブも盛況であるが、チン・シュウ・ミンのシマではなかった。歌舞伎町をあきらめて地方都市に一度身を引いて展開するべき時期と考えていた。台頭してきた新しいグループはとんでもない極悪人ときく。ここで争いをしていたら、やがて殺されることが目に見えている。金のためなら本性をむきだし、問答無用の先手でせまるだろう。銃や小銃なんてものは弾薬付きでいくらでも手に入る。グループのいまの構成を考えてしばらく新宿をでていくことが賢明だろう。そう考えたチン・シュウ・ミンだった。日本でいう都を追われて去るのではない。充電し、再度上京する機会を狙うと考えるのが妥当だろう。しかし、地方での活動も制約されて時間だけが経つのも考えものである。いまのグループの構成を考えていた。日本人三名中国人十名、合計十三名程度の人員である。地方でなにができるか。日本人の男の出身地を考え、適当な街を検討していた。

小島敏行　広島県広島市出身　地元高校をでて、定職につかず東京と広島を行ったり来たりの生活。

山田勝次　愛媛県南予地区出身　地元高校をでて家業のみかん農家を継いでいたが、嫌気がさして家をでる。

竹本純一　大阪府泉南地区出身　地元高校をでて、底引き漁船に乗りこんでいたが、性にあわないとやめ定職につかず大阪市でぶらぶらしていたが東京にでてきた。

新しいアジトはどこがいいか……関西圏の大阪市は手ごろと思うがどうか。東に京都市、西に神戸市がある。関西圏の活動は初めてになるので土地勘が不足するのはしかたない。いずれにせよやや落ちるものの新宿なみの活動ができればいい。拠点を築きいきなりとはいかないだろう。当然大阪や港町神戸には多くの中国人やら台湾人、それに中東の人間が入りこんでいるだろう。新しく開拓するに地元の暴力団と、すでに入りこんでいる中国人を含む外国人との衝突は目に見えている。しかも警視庁なみの検挙率を誇る大阪府警がある。県警単位であれば捜査をかわしてすこし時間が稼げるだろう。じゃあ、どうすればいいか。日本人の仲間の街に行けば活動するため多少問題はかたづくことになる。そう考えるに異論はない。いずれ新宿に帰ることを考えていなければならない。三人の出身の街を考えてみた。山田の出身は四国地方の田舎ときく。山田の街は最初から考慮しないでいいだろう。竹本は大阪府の泉南地区出身だときく。しかし、大阪や堺に近く動くには適しているかも知れない。大阪に入りこむ余地がなければあまりにもちいさすぎる。小島の出身である広島はどうか。氾濫する旅の本を参考にすると中国地方最大の街であり、人口は百万人をこえる街である。繁華街と歓楽街が接近している。中国にない速い新幹線も最速の電車が発着している。

市内に詳しい小島がいるので地理に不安はない。十三人で活動するのはこの街が適当と考えた。ただし新宿なみに金を稼ぐわけにはいかないだろう。住んでみて、なにをして金を得るのか。売春、覚せい剤はわかりきったことである。夜の情報から活動する分野を検討することにした。チン・シュウ・ミンは仲間十二人を集め新宿から一度撤退して広島で活動すると話した。仲間はチン・シュウ・ミンの申しでに従った。

一ヶ月後、チン・シュウ・ミンは広島市安佐北区のマンション三室を借り受けた。小島は実家に住んで活動することにしていた。しかし、借り受けたマンションには出入り自由としていた。広島周辺の覚せい剤の需要、男の欲望を満たす女の世話をどうするか。中国、韓国、台湾、ロシアそのほか多くの国内外の女の分布を検討していた。いきなりシマに入りこみ荒らすわけにはいかない。当然日本のヤクザも存在する。あがってきた情報を見ているとそう簡単に切り崩すことはできないだろう。ひとりの中国人がささいなことから同じ中国人に袋叩きにあい、いまは入院している。覚せい剤のおろし、売人もおおきなグループが仕切っているらしい。

八月二十九日、日曜日。夏の太陽が静かに昇る。恵利子は朝早く起きてカラフルな弁当をつくった。母からなにを楽しみながらつくっているのと冷やかされた。人差し指を口にあてていた。心のなかで『お母さんにも内緒よ。今日は彼じゃないの、海上保安庁最強といわれるすてきな男性とデートなの』とつぶやいていた。午前八時、すこし早いと思われたが車庫から軽四輪をだした。座席には心のこもった弁当がかわいい風呂敷に包まれランチバスケットに入っている。

「さあ、出発」

安全運転を心がけ、今治にむけて家をでた。今治市内に入ったのは午前十時三十分ごろだった。さて港はどこにあるのか。しまなみ海道の橋のほうにむけて車を進めた。おや……港はこちらになるのか。案内板を見て修正しながら港に到着した。連絡船の発着するターミナルなのか。おおきなビルがある。ここにも海上保安部があるのか。看板がある今治海上保安部なのか。勤めと同じようにいたるところにあるのか。いろいろな方面にゆくフェリーや高速船の乗り場の案内がある。因島方面から来る桟橋のふもとで青木を待っていた。時間になってもまだ来ない。すこし遅れているのかな。ほんとうに来てくれるのかなと心配だった。白波を立てて来るちいさな船が見えた。高速船らしい船が見えた……たぶんあの船が因島からの船でしょうと思っていた。浮き桟橋にその船がつく。船の窓際に矢印の入った港の案内がある。この船にまちがいはない。高速船の旅客出口からでてくるのを待っていた。のんびりやなのか、あまり急がないのかまだでてこない。待ち遠しく浮き桟橋に行った。やや暗いが船の窓から船内を覗いたお客さんの最後尾付近に背が高い人が見える。たぶん青木さんだろう。やがてでてきた。おおきい、おおきすぎる。前の人がちいさかったのか。あまりにもおおきい。

黒いTシャツにクリーム色のジーンズ。白のサマージャンパーを手に持っている。電話できいたとおりの服装である。サングラスをしているのか……とても似あうサングラス姿。外国人の俳優みたい。一瞬謙虚な恵利子になった。おりる女性の乗客すべてが好奇の眼で見ている。すこし優越感がある。待ち人はわたしなの……桟橋にあがった青木に近づいて寄り添った。

「青木さん、忙しいのにありがとう」

「いいえ、すこし船が遅れたみたいで。すこし待ちましたか?」

「いいえ、気にしません」

「あの、北島さん、上下の服装が同じですね」

「そうですね。暑いからラフな格好にしたのですが、このようなペアルックになるとは思いませんでした。気にしないでね」

わたしの作戦はすべてお見通しであることはわかっていた。しかし、あえて言わなかったところが憎い。これで恋人同志に見える。見た感じそんなに歳がいっているようにも見えない。すくなくとも三十代に見える。でも正直なところ何歳なのだろうか。

しまなみ海道に橋がかかった。しかし、今治港にはまだまだ離島航路の高速船やフェリーが出入りしている様子を青木は見た。島への往来の活気を感じ取っていた。

駐車場に案内しながら言った。

「青木さん、すみません、忙しいのに。仕事のほうは大丈夫なのですか？」

「ええ、大丈夫ですよ」

用意した車は軽自動車であった。ごめんなさい。いまはこれしかないんです。

「すこし狭いけどいいですか？」

「いいですよ。入ればなんとかなりますよ」

おおきな男性なのにすまない気がしたが、やむをえなかった。

「ほら、ちゃんと入りましたよ。これで大丈夫ですよ」

わたしに気をつかい、ほがらかにこたえてくる。もう、やさしいのだから。あの闘争本能が現われたらどうなるの。このようなすてきな笑顔を見せているのに、なんのために生きているのと考えたくなる。

「その街に行きましょうか。北島さんの大洲市に」

「はい、じゃ出発進行」

すこしはしゃいでいたが、気を引き締めなおした。これから約九十キロメートルのドライブになる。松山市の市街地や山間を走らなければならない。工事中の国道もある。安全運転を最優先に考えていた。今治市から南に入る。国道三百十七号線を南に走る。山間の道で緑が眩しいくらいに映えている。山間の緑と田畑の緑が夏本番を告げている。車内じゃタバコを吸わない。気にしているの？　窓を開けて吸ってもいいのに。

「夏にお逢いしましたね。あのときに今治までほんとうに行けるのかと思いましたよ」

「わたしも十分に今治までの距離がわからず、案内役としては失格ですわ」

「それはいいとして、北島さんの笑顔に励まされたのは確かですよ」

「そう言っていただけると助かります」

途中の石手川ダムで休憩した。白鷺湖のほとりで昼食を摂るふたり。用意した手作り弁当をふたりで食べる。

「賑やかな弁当ですね。船はこのようにいかないのですよ。強烈なスタミナ食のオンパレードになります」

「一生懸命につくりました。お口にあうかな」

青木を見る。おいしそうに食べている。

「ごちそうさん……大変おいしかったですよ。きっといいお嫁さんになるでしょうね」

「まだまだですよ」

『お嫁さん』。その言葉にうつむき頬が紅くなるのがわかっていた。お嫁さんか……いつかは希望している白いウエディングドレスを着ることになる。うれしい……おいしかったなんて言ってくれる。ダムサイトにたたずむ。ダムサイトにいることが似あう。事務職より現場仕事があっているのかしら、サイトから下の放水を見ている。サングラスと手に持った白いサマージャンパーが様になっている。タバコの煙が頬を流れる様子を見ている。海上保安庁最強といわれる男がいまここに一緒にいる。夏の幻想だったのか。サイトの下からロープでよじ登ってくる。悪党にとらわれている恵利子を救出にやってくる。その幻想に酔っていたのだろうか。青木さんの接近に気づかなかった。

「そういえば、一緒だったミス松山さんは元気でいますか？」

「ええ、元気にしていますよ。車が大好きで、おおきなＳＵＶみたいな車を持っているわ」

「そうですか。そんなにおおきな車を」

「彼女の運転テクニックは最高よ」

因島まで行ったときのことを思いだしていた。快適なドライブだったしまなみ海道の走り方を見ていた。

「暴走族じゃないけどカーブや坂道でもスピードを落とさず走ることもできるわ」

「そう、人は見かけによらないものですね」

「北島さんはどうですか？」

「あまり得意じゃないわ。この軽四で十分なの」

青木は、ミス松山はA級ライセンスの持ち主なのか。情報としてインプットした。ミス松山さんも気にしているのでしょうか。美人タイプの女性といえる裕子さんだからなのか男は考えるものなのね。でも今日は恵利子とデートなのと気持ちを持ちなおした。

松山市内を通り抜けて再び山間の道に入る。国道五十六号線である。途中で栗の産地でもある中山町や内子町の白壁の町を説明していた。由緒ある内子座がある。また山間を高速道路建設工事が南進している様子を細かく説明してくれた。国道の両側にせまる山や川のすそ野を鉄道が走っている。山の中腹に高速道路の橋桁を建設している。山間の間隔が広くなってくる。走行距離から大洲が近いものと考えていた。

「青木さん、もうすぐ大洲の街です」

「そうですか。あなたの自慢する街なのですね」

「はい、伊予の小京都といわれています」

「全国に○○小京都はたくさんありますね」

「そうですね。大洲もそのうちのひとつになります」

若いころ城跡に興味があっていくつもの城跡を訪ねたことがあった。当然この大洲市にも城跡があるのは知っていた。盆地を流れる川のほとりに石垣があるのを本で見ていた。六万石の加藤氏の居城であった。

青木は気になるところがあった。市民はミスである北島恵利子の顔を当然知っている。自慢のミスであろう。俺みたいな男連れでは申し訳ない。また素晴らしい彼もいることだろう。話しておいたほうがいいし、俺も納得する。

「北島さん、大洲の案内はありがたいのですが、ひとつ気になるのですが、市民はみんな北島さんを知っている。わたしみたいな男と一緒じゃなにかと悪い噂が立つのではないですか」

「いいえ大丈夫です。どのような噂が立ってもいいです。きかれたらはっきり話します。わたしの最高の男性ですと」

「最高の男性？」

ああ、これじゃなんにもならない。

「青木さん心配しないで。詳しく話します。彼はいます。二歳年上です。でも青木さんのことを説明すれば納得しますわ」

街を案内するといっても男と女のデートになる。妬くことはないのか。彼はほんとうに納得するだろうか疑問だった。もう大洲市に近い、いまさら断り電車で帰るとは言えない。いいのかな。

「そうですか。それでいいのなら」

大手チェーン店のカーショップや紳士服のチェーン店の店が目立つ。国道五十六号線沿いに大洲市から遠方の八幡浜や宇和島への案内が多くなる。

「青木さん、もう大洲市内に入りましたが、最初の訪問はどこがいいかしら」

「いいのですか。頼んでも……」

「お客さんですから、いいですよ」

「じゃ、大洲駅に行きたいがいいですか？」

「はい、わかりました」

どうして駅なのかしら……特にたいした駅でもない。駅前にも幾何学模様のモニュメントがあり、鳥居もあるがどうしてだろう。

「あの、青木さん、最初にどうして駅なのですか？」

「駅ですか。駅は人の集まるところで、仕事にでかける人や旅をする人が行き交う。喜びを連れて。また悲しみや辛さをかみ締めてそれぞれの人々が行き交う。けっして顔にださないけどそのようなそれぞれの心が動いているように見える。その人間が集散するところであるから非常に興味がある。それにたいてい街の案内板がある。案内も方角があるからより参考になります」

大洲駅の案内板が目に入る。右折すれば駅前にゆくことになる。おおきな駅じゃないと思うが駅前の風情を観察したかった。大都会のあふれるネオンのない地方都市の駅前を想像していた。

「そうですか……そのような事を考えるのですか。素晴らしいことですね」

「いえ、単なる自己満足ですよ」

「もうすぐ駅前ですよ」

「はい」

国道から駅前を表示する交差点を右に曲がり駅前に来た。駅前に駐車して青木は車からおりた。素朴な地方都市の駅前なので大阪や東京のように喧騒のざわつきはない。駅前に近代芸術のモニュメントがあり、入り口か出口かわからないがおおきな鳥居があった。モニュメントは地元に住んでいる芸術家の作品なのだろうか。近代芸術のモニュメントとおおきな鳥居の組みあわせはなにか意味があるのだろうか。観光都市なのかどうだろうか。観光シーズンでもないが他府県ナンバーの車の往来はないか。駅前でこの街のことを考えていた。駅前を離れふれあい南通りに車を入れた。

「ここの横丁を入るとわたしの勤めている建設企画事務所ですよ」

「ああ、そうですか。きれいな事務所でしょうねえ」

さらに常磐町商店街に車を進めた。

「このあたりが大洲の賑やかな商店街です。アーケードはないけど、こじんまりした店があります」

次に恵利子は大洲城跡にむけて車を走らせ、車を肱川橋の中央の左に寄せて停止させた。

「ここが鵜飼をする肱川です。この橋が駅のある街と市役所や警察署のある街をつないでいます」

街を分断している肱川とその橋なのか。大阪や広島のようなおおきな河川都市ではない。しかし、川の水がきれいだ。車を発進させて市民会館前に来た。会館前の駐車場に駐車し、城跡に誘った。車は十分に通れるが、一緒に城跡まで歩いていきたかった。ゆるやかな坂である。片側に苔むした城の石垣がせまる。坂の中腹に城の案内板があった。青木はその案内をじっくり読んでいた。加藤氏六万石の城である。再建目標がある。四層四階で設計図が残り忠実に再現できる城なのだろう。市民一丸となってがんばって再建してほしいものである。完成後は大洲市民自慢のお城になるだろうと思っていた。

恵利子は坂道の案内板を離れ、すばやく腕を組んだ。

「いい？……」

「いいよ……」

青木は、薄々感じていたので特に拒否はしなかった。恵利子は、うつむいているもののうれしい気持ちが顔から滲みでている。腕を組んで歩ける。街中でそうはいかない。すぐに噂がでるだろう。『ミス大洲に恋人出現……その男はスーパーマンらしい』

恋人もいるのに許してね。恋人の顔は浮かぶがすぐに消える。誰もいない城跡の高台……勝手にすこし抱きしめてほしいと考えていた。でもいいか。いや、でも体温を感じたい。生きているとんでもない男の体温を感じたい。

石垣の端に来た青木は街を眺めていた。こじんまりした街を川が分断している。その川に鵜飼の船数隻が見渡せる。国道は二桁と三桁が交錯している。静かな街である。

伊予の小京都といわれるゆえんだろう。広場には石でできた腰掛があった。ふたりはそこに腰をおろした。目の前に大洲の街並みが展望できる。市民会館が石垣の下に見える。城からは対面の山まで近い。武将は川と山の適切な間隔を取り攻防を考えて築城したのだろうか。当時の武将の考えを推察していた。

恵利子は、大洲城跡を離れ、青木をおおず赤煉瓦館に案内した。豪商のための銀行だった赤煉瓦館は明治三十四年に建築された建物で赤い煉瓦でおおわれている。四国、西の山間の街にも明治ロマンの古い館がある。その赤煉瓦館の前に江戸時代にあったような構えの家がある。街の観光ルートを走る人力車の出発点みたいだ。恵利子は人力馬車に乗ることを勧めた。恵利子自身市民に見られている意識はあったが、なんら臆せずに人力車の座席に乗りこんだ。ゆっくり走る人力車である。指さしながら街並みを説明しながら散策した。途中で大洲しぐれの老舗に案内し大洲しぐれを食べた。抹茶味の甘いしぐれとのコンビがよかった。青木さんも食してくれた。横でゆっくり食べる青木を、両腕に顎を乗せてじっと見る。おいしそうな顔をしている。ほんとうに大洲を楽しんでいてくれるのかしら。

店の若主人から声をかけられた。

「ミス大洲の北島さん、今日はおおきなすてきな男性と大洲でどうどうとデートですか？　しかもペアルックで」

「ええ、そうなのよ。わかりますか？　すてきな男性でしょう」

青木は思った。このようなことを街の人に言ってもいいのか。

「最高の男性でしょう。大洲は初めてですが大洲をよく知っている人なのよ……大三島と因島で大変お世話になった方でお返しに大洲を案内しているのよ。誤解しないでね。おそろいの服装はほんとうに偶然なのですから」

「そうですか。それはそれはいいですね」

「ご主人、ほんとうにそのとおりなのよ。わかってね」

さすが、恵利子さんは仕上げがうまい。

人力車に乗った恵利子を見た付近の人が「恵利子さん」って呼んでくれる。手をあげてこたえる恵利子。街の人はみんなわたしを知っている。いいのよ……すてきな男性と一緒なのは。石畳をあがり臥龍山荘を案内した。貿易商の休憩所なのか古いお茶室や庭園はそれなりの情緒がある。下に流れる肱川に寄り添う……いや、臥龍山荘に寄り添う肱川なのか。

青木は、臥龍山荘の茶室のなかで和服を着た北島恵利子を想像していた。薄グリーンの和服を着てお茶をもてなしている。きっと似あうだろう……髪をアップにしている。しっとりした女性の美しさが滲みでる感じで室内に映えるものと思っていた。帰りの坂道で和服を着て連れ添い歩く恵利子を想像していた。夏の夢なのか。

「どうでしたか……臥龍山荘は？」

「なかなかいいところですね。このようなところでお茶でも飲めばいいでしょうね」

「お茶ですか？」

お茶であればわたしも○○流の免許がある。それなりの持てなしができるのであるが。

「勝手ですが、北島さんが和服を着て臥龍山荘にたたずんでいる姿を想像しましたよ」

「そうですか、それはありがとうございます。それで感想はどうですか？」

「すてきな女性ですよ」

すてきな女性……いったいなにがすてきなのか。最強の男の言うすてきとはなにか。

「大変気になります。なにがすてきなのかしら」

「臥龍山荘のたたずまいと北島さんのたたずまい。しっとりとした女性の美しさを感じました」

「そうですか……」

しっとりした女性の美しさを感じるのか。頬が紅くなるのを感じた。そのように見ているのか、すこしはずかしい気持ちが交錯した。

「しっとりしたとはどのようなことなのかしら？　よかったら教えてください」

「その、よくわかりませんが、部屋の木目の色のなかにたたずむ和服の北島さんと色があいまってコントラストがあっている。大人の女性というか二十そこそこの女じゃない。んーん、大人の女性の美しさなのかな」

そのように感じているのですか。大人の女性なのか。恵利子は、おはなはん通りの鋪道を歩きながら思っていた。以前に見たことのある洋画の一場面を……。『ボディガード』愛しあうふたりじゃない。おたがいに必要とする関係。暴漢に襲われて初めて気づく信頼関係。素直になる依頼者……。ふたりで歩く鋪道で最強のボディガードに寄り添う女。依頼者が請負人に恋をする。フランク・ファーマーとレイチェル・マロンのようなふたりのデートの場面が思いおこされていた。

おはなはん通りを歩くふたりに似あいの鋪道だった。

「いまでもきれいな街並みが昔ながらに残っているのですね」

「ええ、以前ある番組でのロケ地になりました」

「そうですか。きっと時代ものだったのでしょうね」

「はい、街の人々の自慢です。訪れる人にきれいなままで保存しようとがんばっています」

狭い鋪道を一台の高級車が乗りこんでくる。ちょうど四つ角になっている鋪道で止まった。他府県ナンバーの車である。どちらかに行こうと迷っているようだ。運転手がタバコをくわえている。

「横によけましょう」

「はい」

そのとき、車の運転手がくわえていたタバコを消さないで鋪道にすてた。青木は、きれいな昔ながらの街並みをきれいなまま保存しているのに、注意をするべくタバコを拾いその車の運転席に近づいた。

「あんたの車から落し物ですよ」

「……？」

火のついているタバコを運転席の男に渡そうとした。不思議な顔をしていた男だった。落し物と言われた男はなにも言わないで手を広げた。そこに拾ったタバコを載せてすぐに男の手を丸めこんだ。

「ぎゃー」

運転手はタバコを払い落とし、激怒しドアを開けて飛びだした。青木に殴りかかりながら吠える。

「なにをするんじゃい、このやろう」

でてきた男を足払いでひっくり返していた。起きあがった男の胸を再度足で蹴り飛ばす。男は七メートルほどうしろに吹っ飛んでいた。助手席の男が飛びだした。

「なんやお前は、おとなしくしておりゃいい気になって」

その男は瞬時に青木の胸倉をつかみにきた。さっと男の手をふり払うと男のスーツを両手でつかみ肩からずらし、胸付近にあてるとウインドラスのような力で締めあげた。その男は呼吸が苦しくなったのだろう。悲壮な顔にかわり咳きこんでいた。青木は締めあげたスーツを解き放した。その男はうしろにさがるとナイフを取りだしていた。いつもながらすぐにこれをだすのか……やめとけばいいのに。

何事かと思って鋪道にでていた付近のおばさんが声をだした。

「大変よ……警察よ警察を呼ばなきゃ」

そばにいた恵利子は制した。

「おばさんいいのよ。すぐに終わります。何事もなかったようになりますから、そのままにしていてください」

男がナイフを構えて近づこうとしたときに、後部座席から初老の男がゆっくりとでてきた。

「こらやめろ。もういいやめろ」

男たちはその男のうしろに引き下がった。

「お前等この男をよく見てみい……お前等束になっても負ける。もうやめておけ」

男は急に声を和らげていた。

「この男の目を見ろ、腕を見ろ。首や手足をもぎ取る腕をしているだろう。バラバラにされ殺されなかっただけでもましと思え。よく見て覚えておけ、映画にでてくる化け物みたいな古代の死刑執行人のような身体をしているだろう」

その男は近づいて話した。

「すまなかった。かんべんしてくれ。よく見ればきれいな街並みや、あとで十分しつけをしておく」

「ああ、いいぜ」

「そうか……」

「この街は、伊予の小京都といわれているらしい。それなりにきれいに見てやってほしい」

「ああ、わかった。わたしは山本良雄という者であるが、そのようにしよう」

「山本さん、組は？」

「○○組や。お兄さんは？」

「海上保安庁の青木治郎という」

「海上保安庁の青木さんか。わかった。それなりの男だろうなあ」

「……」

山本は思っていた。あまり知らない組織だが、海上保安庁広しといえどそうざらにいない男だろう。荒海でもみにもまれ鍛えあげた身体をしている。密輸密航、密漁者を常に相手にしているのだろう。その証明に眼光が鋭く狼のような眼をしている。とんでもないほど強い男だろう。相手にするべきじゃない。この男に狙われたら最期になるだろう。海上保安庁の男……青木治郎というのか。覚えていてもいいだろう。

そばで見ていたおばさんがあぜんとしていた。恵利子は、そのおばさんに声をかけた。

「ねっ、なにもなかったでしょう」

「すごい男性ですね。ところであなたはミス大洲の北島さんでしょう。あの男性とどのような関係なの？」

「いまだけいい関係なのよ。内緒よ。ねっ……」

高級車の男たちも何事もなかったように去っていった。因島のときと同じようにふるまう。ちいさなトラブルのあとだったので、街を一望する冨士山《とみすやま》に登ることを提案した。

「街を一望できる冨士山に登りますか？」

「ふじさんて書いてとみすやまっていうのですね」

「そうなんです。富士山《ふじさん》でもよかったのですが……」

「富士山《ふじさん》と冨士山《とみすやま》ですね。いいですよ。行きましょう」

軽自動車は苦しそうであったがなんとか頂上についた。日光のいろは坂のように山間を抜けて建設された登山道である。途中の草木は人間の手が入り整理されている。春夏秋冬の花の景色が想像される。大洲を取りまく山容がわかってくる。北側の眼下に広がる市街地と田園風景……農業政策が十分なのか耕地整理が行き届いている。汗ばんでくるが景色がそれを忘れさせていた。軽自動車であるのでかなり車体は文句を言っていたが、かろうじて登った。

冨士山の展望台は整備されていた。楽しかった。一緒にいることが楽しかった。展望台からは、大洲市の街並みから長浜方面に行く分岐点……五十崎町《いかざきちょう》方面が一望できる。眼下の田園は耕地整理されてみごとな格子模様を描いている。農業政策も十分に反映されているようだ。のどかな山間の平和な街と見ていた青木だった。

展望台にいながら展望台みたいにおおきい青木さん。あのおおきな身体であの丸太みたいな腕でわたしを抱きあげてくれないかしらと思っていた。展望台から身を乗りだすように大洲の街を見ていた。

おおきい女であるが青木にしてみればちいさな女である。

「北島さんそのままにしていて」

なにをするのかしら、そのままにしていた。青木は北島のうしろにまわり腰をおろし恵利子の両足を右腕でしっかりつかむとそのまま立ちあがった。これですこしは高くなるだろう。

「わあ、最高」

「よく見えますか」

「はい、よく見えます」

「じゃ、今度はすこし上にあげますから、そのまま左足を肩に乗せてください」

言われたとおりに肩に足を乗せた。ちょうど肩車されたかっこうになる。

「うわー最高……」

このようなことは子供のころお父さんにしてもらって以来経験がない。いまの彼にもしてもらったこともない。子供心になっていた。

「ねえ、お願い。すこしむこうに行ってほしいの。いい？」

「はい、いいですよ」

すこし歩いて大洲市が一望できるところに来た。

「ここでいいですか……」

「はい」

指を差して言う。

「青木さんこの方向がわたしの住んでいる街です。母校は山の下にある高校です」

肩車されたままで最高の気分になっていた。展望台を離れパーキング広場に案内した。青木は自動販売機で炭酸ジュースを二本買った。

「喉が乾いていませんか。これを飲みましょう」

「はい、ありがとう」

ふたりは、頂上でおたがいを確かめるように動いていた。時計は午後五時を示していた。もう残りすくない時間。

「夕食は、わたしにまかしてください。いいですか？」

「はい、けっこうですよ」

「じゃ、松山で摂りましょう」

青木はすこしふざけて敬礼の真似をして言った。

「はい、了解しました」

午後六時四十八分、大洲駅発の特急宇和海二十二号にふたりは乗車した。定刻に発車する。松山には午後七時二十四分につく。そばにいたい……いまはそれだけでいい。松山駅前ホテル、ラウンジのなかのふたり。食後のコーヒータイム……横にいるだけで充実したときだった。テーブルの椅子を横に寄せて腕を青木の左腕に組んだ。なにも言わない、語らいもない。時間が止まっている錯覚に陥る。一時間なんて長いようで短い。花の命は短きものなのか。

午後八時、夜も更けた松山駅構内……人影もまばらである。L特急しおさい十二号はホームにまだ入っていない。発車は午後八時二十八分である。ホームの蛍光灯が重く感じ、その蛍光灯に照らされた目が僅かに赤く潤んでいるのがわかる。

「しまなみ海道でお逢いしたときに感じました。二十七歳の夏、衝撃的な夏になる予感がしていたの。ひと夏の夢が、青木さんとの夢がほしかった。思い出がほしかったの、無理なことを言ってごめんなさい」

「港を渡り歩くわたしですよ。このようなわたしでこのような夢の思い出でよかったのですか？」

青木は、恵利子をじっと見つめていた……。恵利子のくちびるがかすかに動いたように見えたのは幻想だったのか。夏のそよ風が髪をちいさく揺らし目元にかかる。手で元にもどしながらすこし首を横にふった。ミス大洲、北島恵利子……二十代後半なのか。多くの語らいはあったが、おたがいに歳は特にきくこともしなかった……それくらいの歳だろうと思っていた。やはり美しく輝く歳だったのか。ひと夏の夢の思い出がほしいのか。このような俺でいいのか……腕をまわし、やさしく抱きしめた。もっともっと強く抱きしめて、恵利子も自然に強く抱きしめ返していた。海上保安庁最強の男といわれる温かい、やさしい体温がいま、伝わる。長く抱きしめていてほしい……。

身体はおおきいが、青木にすればまだまだちいさい。まるでおおきな木につつまれるような恵利子だった。口づけを求めていた。自然にこたえてくれる。長い口づけだった。くちびるを離した。再び抱きしめ胸に顔をうずめ頬を紅くそめている。微笑と涙が幾筋かこぼれている。

「今日はほんとうにありがとう。北島さんや大洲市を忘れないよ」

「わたしこそ無理言ってごめんなさい。ありがとうございました」

「さよなら、北島さん。お元気で……」

「さよなら、青木さん。思い出に残る二十七の夏をありがとう」

ほんとうにやさしい眼だった。ふるえる声をだしていた。

別れの特急『しおさい十二号』が静かにホームに入ってくる。自然に右手をだした。青木からも手がでていた……握手するふたり。おおきな手、温かい手である。白い左手が重ねられる。ドアは開く。車内に入るドアが閉まる。デッキのなかの青木さん。さよなら。ありがとうございました。さよなら、もう逢えないのね。忘れないわ。ほんとうにさよなら……手をちいさくふりながら心のなかで叫んでいた。発車のベルが冷たく鳴り響く。右手を敬礼したようにする仕草。青木さんが行ってしまう。特急の赤いテールライトとともに去ってゆく。夏の思い出がちいさくなっていく……心のなかにいつまでも生き続けることを信じていた。

その夜、おそくに雷とともに夕立が大洲を訪れていた。恵利子はベッドでここ一週間の思い出を検証していた。やがて机にむかい日記に記した。古い万年筆を取りだしていた。和紙の最高級の日記帖である。

夏の終わりに戸惑う恵利子だったのか。その男、海上保安庁最強といわれる青木治郎さんと必然的な出逢いの方程式があったのだろうか。ごく簡単な方程式である……めったにないことだった。わたしが先に声をかけたことが、その方程式を解くキーポイントだった。

さりげない爽やかな心を和ませる微笑に誘いこまれ、幻を見た感覚だったのだろうか。

もう西暦二千年。もしも百年先、千年先、一万年先にわたしが生まれかわってもめぐり逢えない最高の男性だった。そう断定すべきと考えていたい。

恋でもないような気がしたのはなぜだろう。女として生きる大切な時間……閃光のように光る一瞬の開門と閉門のある空間だったのだろうか。海上保安庁最強の男と噂されているとは知る由もなかった。あの青木さんが生きている事実、わたしも生きている事実。その事実があればいいの。すれ違いの恋でもない。二度とできない事実のあった幻想の恋なのだ。

ときの流れの悪戯だったのだろうか。しまなみ海道……わたしの生まれた愛する故郷、愛媛県の入り口の島。大三島……あまり行ったことのない島だった。おおきな橋、かわった橋がかかっていた。多々羅大橋、斜張橋。その橋を自転車で来るときの旅人がいたなんて知らないわ。どうして夏の日の暑いころにしまなみ公園に身をおいていたのか。どうしてその男がわたしの前に現われるのよ。瀬戸内海の運命なのか。流れる雨しずくよ教えてよ。

忘れえない、忘れるためにおぼれるような時間割りを高校時代の恩師はつくろうとしたのか。高校時代の恩師は恵利子を思い静かに諭してくれた。恵利子よ、運命のときの流れは恵利子をおいてはるか彼方から押し寄せる。まるで池に投げられた石の波紋が広がるように心を占領する。波紋は生きている時間に関係なく平等に素晴らしい恋をおおきな船に載せてくることもあるよ。この日記は誰が記しているのよ。恵利子の日記なのよ。

雨しずくが、足跡のように窓ガラスを流れている。わたしの愛する大洲市を案内したようにときどき道草しながら。

ときの旅人、青木さん、ほんとうにありがとう……さよなら。

あとは部下筆頭航海士の小出にまかしていれば大丈夫だろう。青木は心のなかでそうつぶやいていた。ドライドックに入渠《にゅうきょ》し船底が露になるが、船底の異常は認められない。工事も予定通りに進んでいる。新造船でありトラブルもなく、多く工事はない。ドック中に知りあったミス大洲北島恵利子と、ミス松山の山中裕子もこれから事件や事故にあわずに幸せに暮らしてほしいものと思っていた。

九月三日、青木は休暇のため因島から福山駅へのしまなみ海道をバスに乗り福山から新幹線で母港の田辺市に帰っていった。工事の関係でドック終了後の田辺港回航まで休暇を取っていた。

第四章
海上保安庁最強の男

特に具体性はないときいているが、北島恵利子を預かっている以上、その期間だけでも無事にいてほしいものである。考えすぎかも知れないが、その男を知っておくこともいいだろう。なにかあれば警察に届けることもできよう。あの男が気にかかる。夏の日に逢ったあの強烈な印象の男。海上保安庁に勤めているときく。身体つきだけでは思わないが、その眼つきが興味を引いた。とんでもない男じゃないのかと思っていた。三日間続いた多々羅しまなみ公園でのしまなみ海道のイベントも特に問題はなく終了した。北島恵利子も疲れているだろう。勤務先のありがたい配慮で数日休むことはできる。今度は九月初めに今治市でのイベントがある。十月中旬までなく月末に尾道のイベントがある。

十一月三日に大洲まつりがある。恵利子がパレードの先導をきって登場してくれないとまつりの意味がない。華やかさを訴えるには最高のミスであると考えていた。その恵利子をミス大洲として拘束するのは来年の三月いっぱいまでである。

その間に特に何事もなくすぎればいいが。残り四ヶ月の恵利子の出番はない。暑い時期恵利子も大変だっただろう。労をねぎらってあげたい。

宮本は市役所の商工企画課課長席から恵利子の勤める建設企画事務所の方角を見てみた。目に映る街角遠くに妙見山が見える。地方都市の範囲で平穏で推移してほしいものである。

大洲建設企画事務所の家屋を見た。特に問題はなくてきぱきと仕事をしている恵利子の顔が浮かぶ。四国西の端ちいさな山間部の地方都市である大洲市。大都会のような華やかさはない。しかし、ミスはミスである。

北島恵利子を思い考えていた。恵利子を大都会のミスに比較してもはずかしくないと宮本は思っていた。おおきな身体であるナイスボディをしていると感じていた。なによりもミスでありながらミスであることを表にださない。それが恵利子自身のレベルを下げていない。愛想のいいごく普通の女性である。優秀でそれなりの大学もでている。

不安材料を払拭する保険でも考えておかなければと思っていた。宇和島海上保安部に知りあいがいる。その男から先日逢った青木という男の情報がきけないものか。

二度ほど市の関係の仕事で宇和島海上保安部に行ったことがある。たしか役職が専門官ということが思いだされていた。名刺をさがしだして当時の担当者に連絡をすることを考えていた。なにかその男の情報があるかも知れない。

名刺ホルダーをさがし当時の担当者をさがしていた。名刺がでてきた。宇和島海上保安部警備救難課専門官古谷守と記載されている。この古谷にあの男の情報をきいておくことも賢明な策と思った。わたしを憶えていてくれているか不安であったが、とにかくきくだけでもしておくつもりであった。あの男……あの男はどのような男なのか。恵利子のため大洲市のために予防線を張っておくべきと考えた。早速電話をしてみることにした。

「宇和島海上保安部ですか？」

「はい、宇和島海上保安部警備救難課です……」

「あの大洲市商工企画課の宮本ですが、古谷専門官をお願いしたいのですが……」

「専門官ですか。しばらくお待ちください」

「はい、かわりました、古谷です」

太い声が返ってきた。

「わたしは大洲市商工企画課の宮本といいますが、あの一年ほど前に宇和島まつりでお逢いしたことがあるのですが……」

「大洲市の宮本さんですか、憶えていますよ。海での行事と川の行事について指導したと記憶しています」

「電話で失礼と思いますが、海上保安庁の方で青木さんって方をご存知ですか？」

「青木も当庁じゃなん人もいるでしょう。それだけじゃわからないと思いますが」

「そうでしょうねえ。歳はけっこういっているように見えたのですが」

「ほかに特徴はありますか？」

そうだ、ばかでかい身体をしていることが思いだされていた。

「あの、その男はばかでかい身体をしています。腕なんか服からはみだしているような筋肉の塊でありました。それに男前である男ですが……」

はーん。それは海上保安庁広しといえども同期の青木以外に考えられない。たぶん青木に違いない。しかし、どういうことだろう。同期の青木を知りたいなんて、きく理由はなにか。海上保安学校の同期でありながら海上保安庁最強の男といわれる男……青木治郎。六区七区で出逢う女性が危機に陥れば、その救出作戦をひとりでやり遂げる男。任務は成功したとしか報告できない男。五十人程度のテロ集団であればひとりで立ちむかい簡単に撲滅させる男。その男を知りたいということはその技量がほしいのか。その時間がせまっているのか。

「その男です、その男。青木という男はとんでもない男です」

「とんでもないというと、どのようなことなのですか？」

「なにを目的にきくのですか？」

「いえ特にありませんが……」

「じゃ、お話しすることはありません」

「ちょっと待ってください。特にありませんと言ったけどお願いがあります。是非その青木さんのことを知りたいのです」

「電話でなく一度こちらに来てください。電話で個人情報を教えることはできませんから」

「じゃ、すぐにまいります」

性格がそうさせたのか、宮本は課長補佐に宇和島海上保安部に行くことを告げた。

早く知りたい、いったいどのような男なのか。勝手な思いであるがすくなくともそこらの俗人ではない、あの狼のような眼。気になる。普段はやさしい眼をしているのだが一変しとんでもない男になるような気がした。昼食も摂らないままでかける宮本だった。

大洲から宇和島まで車で一時間程度。苦にならなかった。市内に入り、スムースに海上保安部にたどりついた。警備救難課の看板が見えた。たしかこの部署にいるはずである。

「ごめんください。大洲市の宮本といいます。専門官の古谷さんに逢いにきたのですが」

係が待っていたように応対する。

「ああ、宮本さんですね」

「どうぞこちらに」

若い保安官が連れていってくれた。

「専門官、大洲市の宮本さんです」

おたがいに軽く会釈をしていた。

「宮本さんですね？」

「はい」

「どうぞこちらに」

古谷は、宮本との話をほかの者にきかれることは避けたかった。場所は悪いが空いている取調室に案内した。大洲からは軽く一時間はかかる。宮本がこんなに早く来るとはよほど急な話であるのか。

「宮本さん、話す場所は悪いが、かんべんしてほしい」

「はい、けっこうです」

「古谷さんさっそくですが、青木さんのことをお話ししていただきたいのです、急で申し訳ありません。その男について知りたいわけはいまから話します」

「とりあえずそれをきいてからにしますわ」

なにかあるのだろう……知りたい理由はなにか。

「先週、愛媛県広域観光協議会のイベントが、大三島の多々羅しまなみ公園でありました。そのときにミス大洲の北島恵利子も同行していました。その青木さんはミスのいるテーブルに来て愛媛県のパンフレットを手に取り見ていました。そのときにミスが応対していましたが、その男を見る限りとんでもないような男に見えました。もちろんとんでもない男とは変な意味じゃなく。なんていうのかすごい男じゃないのかと。男のわたしも興味を持つ男でした。ミス大洲の任期は残り約半年あります。北島がミスになってからは特に問題なく過ごしているのですが、考えすぎと言われてもしかたはないのですが、いやな予感がするので、その対応にその男がなにかしてくれそうな気がしたのです。もちろんそのまま北島になにもなければいいのですが、北島の周辺や身になにかありそうな、おこりそうな予感がするのです。そのときに手助けをしてもらえるのではないかと思いました」

「その、予感って奴はなにか具体的なことはあるのですか？」

「はい、いまはないのですが」

「そうですか。ミスを預かっていることはしんどいことでしょう」

「はい、それはもう大変気をつかいます」

「そうですか。悪戯目的のミスへの嫌がらせとか」

「いや、いまのところないのですが。恵利子はあの身体、あの素晴らしい笑顔をしている。どこにだしてもはずかしくないミスとして認めています。大洲市の自慢なのです。預かっている課長のわたしの勝手な思いですが、北島は大洲の赤煉瓦館にたたずめば最高の絵になるような感じになります」

預かっているミスの任期がまっとうするまで無事にいてほしいのは責任者としては誰でも考えることだろう。事件事故に遭遇することもないともいえない。予感だけではなんともいえないが、なにがおこるかも知れない。ミス大洲は市民にとって宝なのだろう。

「そうですか。わかりました」

具体性はないが、教えておいても問題はないと考えた古谷だった。

「ひとつ断りを入れておきますが、ここだけの話にしておいてください。これだけは理解願いたい」

「はい、けっこうです」

「じゃ、その男について話しましょう。海上保安学校の同期生です。そいつはあらゆる武道や格闘術を修得しているし、また機械や武器に精通している。先進国が自慢しているテロ制圧の特殊部隊の一員でもあるような男ですよ。身体を見れば一目瞭然で、服を脱げばびっくりするよ。筋肉の塊で、洋画にでてくるムキムキマンやで」

「そのような男が、なぜ海上保安庁にいるのですか？」

「それはわからない。あいつに尋ねると趣味やとしか言わない奴ですよ」

「趣味で海上保安庁にいるのですか？」

「だからわからない。家族のことも言わないし、われわれも十分に知らない。商船大学を卒業しているし英語はペラペラである。ほかにもあいつを必要とする仕事はいくらでもあると思うがここが気に入っているらしい。われわれには理解できない謎の男でもある」

「そうですか。そのような男なのですか」

「道具を用意さえすればひとりでなんでもする。アシストするのは情報だけである。的確な情報を伝えるとコンピューターのような頭で分析し道具さえ整えればすぐに実行に移す。われわれ同期は支援で道具の用意さえすればいいのですよ。奴は簡単に動ける。もうひとつあるがそれに女がからむことが条件ですよ」

「道具ですか。それはいったいなんの道具ですか？」

「道具はもちろん飛び道具や」

「飛び道具ってなんですか？」

「まず、けん銃と機関銃である。それにロケットランチャーも詳しい」

「ロケットランチャーも撃つのですか？」

「ああ、わしらはわからないところが多いが、あいつにしたら簡単なことらしい。あらゆる武器に精通している。まだある。あいつは、若いころは潜水士でもあり幾多の潜水を必要とする海難救助に活躍してきた。まだあるぜ。パラグライダーやハンググライダーをたしなみ、すこしの風があればいつまでも空を自由に飛ぶこともできる。宮本さん、いいですか、いつまでもですよ。それから交通アクセスの状況や気象条件があえば走っている車や船や列車から飛び降りることもできるだろう」

ええ、空を飛ぶこともできるのか。しかも条件があえば船や列車から飛び降りることができる。宮本は心のなかでとんでもない男と睨んでいたことにまちがいはなかった。それに女がからむことが条件っていったいなんだろうか。

「警察も有能であるが、あいつひとりにまかせることもできる。五十や六十人程度の悪党であれば簡単に壊滅させるほどの強靭な肉体を持っている。そのやり方はおよそ一般人がするようなものじゃない。その方法を見ているとわれわれもびっくりする。

またマスコミも追いかけはしない。追いかけることができないものと思う」

「マスコミをふり切るのですか？」

「ああ、簡単にふり切られるよ」

「道具の手配はどうなるのですか？」

「その質問はないものとしていただきたい」

「はい、じゃ女がからむとはどういうことですか？」

「ここは誤解しないように願いたい。あいつは部類の女好きじゃない。いままでの活動の情報であるが、対象となる女も分析される。過去の解決した事案にでてくる女はそれなりの女であったらしい。われわれが評価しているのは、あの男は海上保安庁最強の男である。そしてからむ女はその男に寄り添うことが許される女であることが条件である」

　からむ女はその男に寄り添うことが許される女である。なにを言うのか。古谷の言うことが理解できない。最強の男とはいったいなんや。寄り添うことが許される女であるとは何事なのか。

「強い男の話ばかりじゃないが、その男は愛煙家でもある。好むタバコは外国たばこである。関与する事件の取調べは船でやったり陸《おか》の取調室でするのやが、あいつはタバコに火をつけるのは携帯のガスバーナーでつける。いつも用意している。かわっているのじゃないが、いきまく被疑者が来てもあいつの前ではおとなしくなってしまう。あいつが調べながらタバコをガスバーナーの青い炎でつければ俺でもふるえあがってしまうぜ」

「ガスバーナーをいつも用意しているのですか？」

「巡視船でよくつかう小型のバーナーがあるのや」

「その小型のバーナーがライター代わりですか？」

「ああ、俺は百円ライターやけどな」

「……」

「無意識のうちに想像するらしい。『ゴォー』と音を立てながら青い炎を見ていたら、いかつい奴でも汗を噴出して青くなるらしいぜ。それを持って顔にあてられることでも想像したら俺でも全部ゲロするぜ。まあそのようなことはありはしないが、特にそのタバコに火をつけたあとはあまりしゃべらずにいるらしい。そりゃ……無言の圧力っていうか調べられる者は恐怖の底に陥るだろう。膝がガクガクするようになるらしい」

宮本は、古谷の話をきいただけでも冷や汗をかき青くなっていた。あの夏の日とは違う一面がある。あるのはわかっていたが、そのようなすごい男なのか。恵利子と話をしている顔はやさしく、男でも嫉妬を覚える男らしいいい男であるのに。心のなかでとんでもない男の話をきいてしまったと考えていた。期待して来たが、どうしてか複雑な気持ちになっていた。そしてため息をつくばかりでなにを話していいのかわからなくなっていた。

「宮本さん、もうこれくらいにしておいてほしい。それ以上の質問はこたえられない」

しばらくうつむいたまま無言でいた宮本は、はっと気がついた。

「はい、わかりました」

「宮本さんとわたしの仲であるけど、今日のわたしへの訪問もなかったこととして考えるようにお願いしたい」

「はい、わかりました」

「いつでもいいですよ。同期の青木を必要とするときは遠慮なくわたしに連絡してほしい。なんとかできるようにしてあげたい」

「ありがとうございます」

「携帯の番号はこれです」

古谷はメモを宮本に渡した。

「差し迫った危険があるなしにして、力を借りたい希望があればあらゆる情報を先に分析しておいたほうがいいですよ」

あらゆる情報ってなにを意味するものなのか。古谷の言う情報ってなんなのか。

「そのあらゆる情報とは具体的にどのようなことですか？」

「あらゆることですよ。からむ女の情報、街の情報、交通アクセスや道路状況等一切そのなかで必要な情報をもとに分析して行動をおこす。そんな奴ですよ」

恵利子の情報であれば記憶にある範囲ではすぐにわかる。しかし、街の情報といってもなにをとらえなにから分析すればいいのかわからない。

古谷は思っていた。青木のことならなんでも話しておきたい心境であった。信用のおける男ならもっと知っていてほしかった。古谷は内海方面で悪党をやっつけ暗躍することを知っていた。あいつの今度の舞台がここの周辺であるのなら最大の支援をしてあげたい。そのためにはできる技量をすべて話しておきたかった。豊後水道や中予、南予でとんでもない活躍するお膳立てをしたかった。宮本からなんでもないことでもいい女がからむことの情報がほしかった。悪いことじゃない、素晴らしいことをする男なのだ。多少の物品の支援と犠牲はやむをえない。悪い奴等を地獄の底に導くのもあいつの本領である。

もうこれ以上きいたら頭が整理できなくなる……これくらいにしておこう。あとからきくことはもう007の世界になるだろうと宮本は考えていた。

「古谷さんありがとうございました。北島恵利子になにもなければいいのですが、もしなにかあればお願いします」

「はい、いつでもいいですから遠慮なくわたしに言ってください」

宮本は帰りの車中で複雑な気持ちであった。すごい男と感じていたが、すごいを通り越している。同じ男でありながら複雑な気持ちでいた。

市役所に帰り宮本は古谷に言われた街を含むあらゆる情報の整理に取り組んだ。幸い街のあらゆる情報を再整理することは街の観光要素の再発見につながるかも知れない。とりあえずミス大洲のデータ整理から始めた。

ミス大洲　北島恵利子

昭和四十八年七月四日　愛媛県大洲市生まれ　二十七歳。

高校卒～地方国立大学経営学部卒

建設省大洲建設企画事務所に勤務。

現在は企画二課に配属されている。

家族は両親と兄の四人兄弟。未婚。

お茶の先生の資格を持つ。琴をたしなむ。英語検定一級を取得。普通免許取得。スポーツは高校時代にバレーボールをしていた。背は高いが性格はおとなしく実業団から誘いがあったが断りを入れた。女性らしい軽自動車を持っている。背が高いことを除けばごく普通の女性である。

ミス大洲には平成十年十一月に選ばれた。任期は平成十一年四月から翌年の三月まで。

身長百七十二センチ、体重六十キログラム、バスト九十二センチ、ウエスト六十センチ、ヒップ九十八センチ。

松山市在住の二歳年上の彼がいる。

大洲市のデータ。

愛媛県の西よりの盆地に形成される街。人口は約四万人弱である。伊予の小京都といわれている。盆地は南北約八キロメートル東西約三キロメートルである。やや南よりを肱川が流れる。川のほとりに大洲城跡がある。東側に高さ約三百二十メートルの冨士山がある。この山に周遊道路があり山頂までのびている。見渡すのはそうかいである。春夏秋冬の風のむきと強さがある。交通アクセスはどうか。国道は松山から五十六号線が山間を走り大洲にくる。それから山間になるが宇和島市まで延長している往復二車線の立派な国道である。山間であるからカーブや上り下りの坂、またトンネルの状況も把握しておかなければならないのか。国道三桁の道路は大洲市から分岐して三本ある。これも一部を除き往復二車線の道である。

大洲市のＪＲは予讃線である。電化はされていない。二〇〇〇系気動車の特急が日に十数本（十四から十五本）表定速度六十二キロメートルで走っている。制御式振り子方式採用。特急の名称は「宇和海」窓は六個で比較的おおきい全面ガラスである。ステンレスの車体に青いラインが映える。ＪＲ四国カラーの表現としている。四両編成で前から指定車、グリーン車、指定車、自由席である。普通はキハ三十二形を使用している。二両編成の近郊型を運行している。白地にブルーのラインがある。線路の状況も考えねばならないのか。八幡浜駅から千丈までは上り勾配で最大二十パーセントである。

スピードは落ちる。昼夜トンネルは二千八百七十メートルで三パーセントの下りで伊予平野にいたる。伊予大洲駅は下りホームと上りホームの二つがある。このようなものでいいのか。さらに必要なデータはなにか。ほかになにを分析していればいいのか……あらゆる情報が功を奏すのか。

第五章

しまなみ海道に消えたミス

約二ヶ月経ったが金の稼げる活動はなかなかうまく展開できない。チン・シュウ・ミンはあせってきていた。時間の経過にも限度がある。活動の基礎資金もまだあるものの、手っ取り早く金を稼ぐ方法を検討していた。手早くそれなりの金を稼ぐ方法はないものかと考えていた。悪事を重ねることにはなんら問題ない。ただどういうふうにして金が転がりこむようにするかだ。広島県警も警視庁に及ばないがそれなりの捜査をして検挙率も高いというが果たしてどうか。あまり長い期間を設けないで稼ぐにはいかなる手段をつかうか。テレビのニュースで外国人による誘拐事件が報道されていたのがすこし気になった。誘拐すれば身代金という大金が一度に入ることになる。覚せい剤や売春の儲けは一定の金額しか入らないが、誘拐の身代金はいくらでも要求できるだろう。しかし、限度もあることは確かである。いきなり数千万円の要求もできるだろう。しかし、相手側が払えることが前提となる。誘拐を実行するには誘拐すべき人間の人選も考えねばならない。当然警察に通報され捜査が始まる。また最重要の身代金の受け渡しにも細心の注意を払い現場で逮捕されるということにならないようにしなければならない。チン・シュウ・ミンはなにかいい方法はないかと考えた末、誘拐し、身代金を手に入れることを仲間に提案した。仲間はあまりいい提案ではないという風な感じできいていた。資金はまだあるが、いつまでもこのままでいることはできない。日本の警察は優秀で検挙率も高く、そう簡単に金を手に入れることはできない。用意万端で臨めば可能と考え、チン・シュウ・ミンは説得した。仲間はしぶしぶ理解した。しかし、やる以上最善をつくし成功させるだけである。

チン・シュウ・ミンは足がつかないようにより安全にかつ確実に身代金を取ることとし仲間にいろいろなことを検討させた。

十三名いればいろいろな意見がでる。日本人と中国人との考えの差もあるが手っ取り早く金を稼ぐ方法として考えた結果をチン・シュウ・ミンにだした。

・誘拐すべき人間の対象をどうするか。

・金持ちの子供が対象になる。しかし、最悪の場合殺すことになる前提がある。誘拐殺人となれば相当な刑が待ち受ける。日本人側の意見として子供を誘拐し殺すには抵抗がある。
・時間をあまり稼げないとして対象人間はどうか。
・各県警の事情はどうか。（おおきな事件の捜査で多忙）
・安全な身代金受け取りの方法。指定した場所には必ず警察がマークしている。
・誘拐後の措置をどうするか。
・日本人の地理感覚はどの程度あるか。
・そのほか考えるべき事項としてどのようなものがあるか。
・中国人の言葉の壁はどうするか。
・仲間の持つ特殊技量はどの程度なものがあるか。

いろいろな意見がでたことにチン・シュウ・ミンは満足していた。しかし、あくまで意見の範囲でしかなく、これからが大事である。ひとつひとつを具体的に検討し確実にしなければならない。まとまらないまま時間だけがすぎるのもいけない。具体策を早急にまとめるように指示した。十三名はさらに検討した。

・誘拐すべき人間は子供を外す考えで一致。
・誘拐対象は大人であり、それも女性とする。対象の人間が生きていなければならない理由があること。対象は金持ちであるか、身代金を払えること。
・広島県警はおおきな事件がない。両どなりの岡山と山口県警もいまのところおおきな事件がない。
・日本人の小島は広島の地理に詳しい。大阪府出身の竹本は外して山田は対岸の愛媛県出身で地理は詳しいが広島から離れている。
・電話はすべて日本人で対応する。
・誘拐場所の選定は対象人間が決まってからになる。
・竹本はスキューバの資格がある。あとは運転免許だけになる。
・中国人のリ・ベン・チョンは電気に詳しい。
・中国人のひとりは銃に精通している。

相手との連絡は携帯で絶対しない。仲間のみの連絡は携帯でする。要求は公衆電話からして、かつ広範囲からする。捜査を撹乱することも必要である。

山田が意見をだした。アジトが広島であり、誘拐を対岸の四国で展開させて実は広島で操る。幸いいまはしまなみ海道からしてアクセスも近くていい。まして四国には瀬戸大橋や東に鳴門大橋や明石大橋があり本土に逃亡するのも便利である。四国で誘拐を実行し、身代金の受け取りも四国でする。誘拐するべき女は四国で条件にあった者とする。要求の連絡は広島から近隣の県や、四国の各県でして絞れないようにする。誘拐対象を四国の県で選定することにして、山田が条件にあうような情報を取ることにした。

さらに身代金の受け取りについて、小島と竹本から意見がでた。誘拐犯の身代金の授受は振込みや、高速道路のインターの出口やら、サービスエリアの付近で投下するとかよくきくが、最近のGPSは発達しているので指定場所を海上とし、付近の海上に標識をつけさせて海中に沈めさせる。標識は適当な漁協や漁船の標識をつけさせる。直後にスキューバができる竹本が付近に待機していて密かに潜行して、海中に投下された現金袋を持ち帰る。警察や海上保安庁は、現金袋に標識をつけたことで標識を狙う人間が誘拐犯と見るだろう。短絡的であるが、いままでの意見を集約した範囲での考えだった。

チン・シュウ・ミンは三人の考えを参考にしてさらに条件にあう者を見つけるように指示した。

山田は久しぶりに実家に帰省した。帰省したといっても追いだされた実家には帰らず悪友を訪ね、松山や宇和島で遊んだ程度だった。悪友の家に泊まり大酒を飲んで近況を話していたにすぎない。そこで山田は悪友の家で大洲まつりのパンフレットを見つけだしていた。大洲城再建の話があるのか。大洲もそう遠くもないので、高校時代大洲にバイクで行ったこともあった。参考になるものとしてそのパンフレットをポケットにねじこんでいた。広島のアジトに帰り、パンフレットをじっくり見ていた。今度の大洲まつりにはミス大洲がお姫様役でパレードするのか。再建を目指す大洲城のためにパレードをする。で、あればミスはまつりに必ずいなければならない。おおきなイベントになる大洲まつりにはかかせない存在になる。主催者は大洲市、大洲市商工会となっている。個人の金持ちでないが、市や商工会であれば金はだすだろうと安易に考えていた。アジトは広島市であり、女を誘拐するのは四国の愛媛県になる。

地元の女であろうが、金さえ入ればなんでもない。案外いいかも知れない。検討した条件にあうかも知れないと小島と竹本に打ち明けた。大洲や周辺の土地感は山田にはある。広島市は小島がある。さらに竹内は、海中投棄された現金袋は小型船の中央が開いた船舶を手配すれば警察や海上保安庁をごまかせると考えていた。方法は、現金袋投棄の指定海域付近で小型船に乗り、釣り客を装う。誰が現金運搬役をするのか知らないが、予定された海域に投棄したのを確認すればすぐさま竹本が船内から海中に潜行し、現金袋を取りこみ代わりにブロックでも詰めた袋と取り換える。ただ取り換えるときに標識を上下にさせないように慎重にしなければならない。警察や海上保安庁が投棄した現金袋の標識を密かに監視しているだろう。そして投棄者が去ったあとで犯人が回収に行くものとして引き続き監視をしている。上下に動かすことが皆無とはならないが、無事船内に回収すれば、釣りをやめて一目散に所定のマリーナに帰る。帰れば中国人が待ちうける車に乗り広島のアジトに帰る。

計画はあくまで計画でありスムースにいかないことはわかっているが、日本人の三人はチン・シュウ・ミンに条件にあうような案を提示した。

誘拐すべき女は愛媛県大洲市のミス大洲にする。まだ名前や年齢、経歴は不明であるがいまは特に必要としない。大洲市はまつりにミス大洲をお姫様役にして大洲城再建の必要性を市民に説得する。まつりに絶対不可欠な女である。誘拐実行の日はまだなんともいえないが、まつりの一週間程度前とする。実行場所は大洲市を避ける。大洲市に乗りこんでミスの状況をききだしていればなにかと不審者に思われる。そしてミスが大洲市内のどこに住んでいるのかもわからない。車で移動中を襲いミスを誘拐する方法が一番だろうと考えていた。誘拐後の監禁場所は山田にどこかの廃屋でも手配させることにする。監禁中の生活も必要であり、廃屋には電気の知識のある中国人のリ・ベン・チョンと山田、それに数人の中国人をあてる。竹内と小島は広島県と愛媛県に別れ、電話で身代金を要求する。まつりまでに身代金の額と、まだ決めていないが受け取り場所を指定する。受け取りは海中に現金袋を投棄してもらいスキューバの知識のある竹本が回収する。投棄場所は宇和島か八幡浜市沖合の適宜な海域とする。ただし、流れの速い海域はやめ、できるだけ流れのない場所にする。身代金の受け渡しは大洲まつりぎりぎりの十一月二日までとする。ミスを管理しているのは大洲観光商工会であり当然大洲市もからんでいることから一億円程度はだすと考える。まつりやミスの登場は商工会や観光協会とは切り離せない関係になる。大洲市商工企画課、商工会議所それに観光協会からそれなりの金額をすぐにだせるものと落ちついた。ミスの誘拐ということになればマスコミが騒ぎ公にできないので警察は極秘に捜索を続けるだろう。また誘拐されたと公になればあとからなにかと噂が立つ。ミスを狙えば商工会や市役所の監督者か管理者が苦渋の決断として支払うこともある。チン・シュウ・ミンは説明に力が入る三人の分析に感心していた。

チン・シュウ・ミンは早速警察の状況の確認と、ミス大洲の今後の予定の情報をえるように指示し、ミスの動く範囲から誘拐すべき場所、当面拉致しておく場所の選定を指示した。山田には大洲から南は宇和島、北はアジトのある広島市までの間、人通りのすくない適当な場所を選ぶよう指示した。愛媛県警の動向をさぐると、現在松山市内の敵対する暴力団が縄張り争いから殺傷事件をおこし、愛媛県警が総動員して警戒している。手薄といえば手薄であるが、ミスが身の代金目あてに誘拐されたとなると、地元大洲警察署が動きだすことは目に見えている。情報によるとミス大洲の今後の予定は、しまなみ海道のイベントがあるらしく十月二十七日尾道市で開かれることになっていた。広島県と愛媛県の共同企画であり、関係各市町村のたくさんのミスがイベントに参加する予定となっていることが判明した。

山田は指定された場所をくまなく検討し、ミスがいかなる場所で移動するも襲撃する場所を選定していた。また当面監禁しておく場所として地元海岸沿いの山中のみかん選果場の廃屋を考えていた。

ミス大洲の予定が判明したので、急遽誘拐実行の計画を策定した。

十月二十七日の水曜日に尾道市で開催されるしまなみ海道でのキャンペーン打ちあげイベントである。広島県、愛媛県友愛デーの企画の予定があることからイベントが終わればそれぞれの街に帰る。ミス大洲は、尾道からだとしまなみ街道を通り大洲市に帰ることを前提とした。誘拐の実行場所は伯方島ＩＣ付近。その近くにマリンハウスはかたのマリーナがある。またそのまま車に連れこんで仮に大洲まで行くにはまでゆくには松山を通過することになる。暴力団の抗争事件で松山市内、郊外の国道や県道の検問があることが予想されるので誘拐した場所から小型船に乗り換え宇和島まで航海する。松山市内を通らず海上から目的地まで行くことにする。小型船への乗り換えは伯方島ＩＣ近くのマリンハウスはかたとする。先行した別の班が宇和島で待ちうけ女を海岸沿いのみかん山まで搬送する。誘拐実行場所、小型船への乗り換え、宇和島での小型船から車への乗り換えも常に目撃者のいないような場所を選びタイミングをみて実行することになった。

イベント会場監視班………スウ・ミン・チャ

尾道監視追跡班（二名）…竹本、チン・ブー・キン（セダン乗車）

誘拐実行班（六名）………山田、リ・ベン・チョン、シュウ・ソン・ボク、ソン・カンピ（RV乗車）／竹本、チン・ブー・キン（セダン乗車）

小型船班（チャーター手配を含む）……小島、竹本、リ・ベン・チョン、ソン・カンピ

宇和島先行班……………山田、シュウ・ソン・ボク

廃屋班……………………山田、竹本、リ・ベン・チョン、シュウ・ソン・ボク、ソン・カンピ

車はレンタカー二台使用…RVタイプとセダンを借り受ける。

誘拐したあと、現場で小型船と宇和島まで先行する班にわかれる。日本語や漢字のわからないシュウ・ソン・ボ

クは山田のうしろをついて走る。

友愛イベントは自治体ミスや参加していたコンパニオンが四十人あまりそろうことになる。ミスはそれぞれ街を表示したミスのたすきをかけているのでよくわかる。チン・シュウ・ミンは早速竹本にミス大洲の確認に行かせた。報告によると身長は百七十センチ近い大がらな女である。顔は面長で髪を肩まで自然に垂らしている。眉は濃く切れ長であり肌が白くきめこまやかである。竹本の主観になるが、総合的な見方でミス大洲は多くのミスのなかでも華麗さは群を抜いているとの報告がなされた。さらに大がらの美人なのでまちがうこともないと考えていた。またイベント会場駐車場に止めていた数十台の車を確認したところ、大洲市のパンフレットが車におかれていたことからミスが乗車する車種は黒のクラデン、ナンバーは愛媛◯◯◯◯だった。ミスを管理する責任者とミスの世話人、運転手の合計四名程度が乗車するものと考えている。ミスの動向を把握した竹本はイベント会場を離れしまなみ海道入り口である新尾道大橋のたもとで待機した。ミスが出発する確認は別の中国人が担当した。竹本、出発確認の中国人、山田、小島との連絡は携帯ですするので問題はない。

十月二十七日午後五時……商工企画課長の宮本は何事もなく尾道でのイベントが終了して満足だった。長期にわたるしまなみ海道での長いキャンペーン期間を実施したおたがいの広島県と愛媛県のご苦労さん会みたいなものであった。

両県とも経済効果や観光誘致の実績は別にして喜びを確かめた会合でもあった。

あとはちいさなイベントにでて最終である大洲市のまつりの華を務めてくれれば今年の恵利子の役目は終わりである。

いままで何事もなく推移した。これから来年三月までこのままでいてほしいものだと思っていた。市の公用車は黒の大型クラデンである。今回は宮本課長と運転手、それに女性事務員と恵利子の四人で尾道に行っていた。私服に着替え恵利子は後部の座席で課長と一緒に座っていた。

「今日はごくろうさんでした。体調はどうですか?」

「ええ……特に悪くはないですよ」

疲れているのにそのような答えしか返ってこない。気をつかう恵利子なのだろう。

午後六時十五分……恵利子たちは尾道市から公用車に乗り大洲市にむけて出発した。

しまなみ海道の車は多くなく順調に流れている。車はまもなく生口橋にさしかかる。恵利子は、ふと二ヶ月前を思いだしていた。巡視船『あきづ』が入っていた○○ドックが左側の下に見える。たまらなく青木さんに逢いに行った。トラブルにあい助けられた。なにもできずに帰り、思いを打破するためにドックに電話してデートの約束を取りつけて大洲でデートした。夏の日……出逢った多々羅しまなみ公園が見えてきた。

センチメンタルになっていたのか……遠い夜空に顔が浮かぶ。いまごろどうしているのでしょうか。松山駅での別れ、特急に乗る前の口づけが思いだされていた。多々羅しまなみ公園のイベントステージが声なくさみしく残っている。

宮本は時間を計っていた。この車の状態で概ね大洲市につくのは午後九時ごろになるだろう。イベントが終了したしまなみ海道は、なぜかさみしいような気がしていた。

しかし、世間はそのようなことに浮かれていてはならない現状である。会社の倒産やリストラの発表で気が沈んでしまう昨今である。

ふと宮本は車窓を流れる瀬戸内の島影にその男の顔が浮かんだ……夏のある日この場所で見かけたあのすごい男のことを思っていた。海上保安庁に勤めている男のことを。宇和島海上保安部まででかけて専門官からその男の情報をえた。思えばすごいの一言になってしまうだけだった。あらゆる情報を連絡すれば、いい情報を分析して的を絞る。それに道具があれば数十人のプロでも一瞬に壊滅させるという男。

北島恵利子の身の上になにかおきればこの男に頼ることを考えていた。有事の際は宇和島の専門官古谷さんに連絡すれば即応できるときいていた。

あの男はいまなにをしているのか、いまごろどこの海にいるのか。気にはしていた。突然、わたしの前に特殊部隊の姿で現われたらわたし自身もびっくりし、あとに身を引くだろう。その男の情報をきいていたことは正解だった。

恵利子も疲れているのだろう。頭をあげて目を閉じている。なにか思い詰めているのか考え事をしているのか。大洲につくまで車内でゆっくり休んでいてほしい。大洲に帰ればイベントにでた分だけの仕事が待っている。本来の仕事を持つミスである。勤務に支障のないことを願うばかりであった。

平日の夜にしまなみ海道を通行する車はすくなかった。観光目的の客は、もうすぐ十一月の連休があることを見越しているのか。

そのころ恵利子の乗車する車に二台の車が後方から密かに接近していた。

二週続くイベントに恵利子は気が進まなかった。どうしてなのか。彼とのこともある。来年三月末でミス大洲を卒業する。卒業すれば答えをださなければならない。晩婚のカップルが多い昨今、もう結婚適齢期といってもいい歳になっているのを意識していた。この歳まで何不自由なく育ててもらい、すこしでも社会に貢献した。また、両親にも感謝を伝えるようなこともしてきた。また社会的にも恵利子自身すこし貢献したころあいでもあると考えていた。

いまの彼ともミスになる三年前に松山で知りあった。ごくごく普通の愛を育んできた素晴らしい彼でもある。

この夏……衝撃的な出逢い。彼がいながらいけないことだったかも知れない。しかし、自分自身に正直であった。これでいいものか……まだわたしがめぐり逢えるほかの人々にも逢いたい。いろいろなお話をしてみたい気持ちは潜在していた。

ミス最後の年……その時期に衝撃的な思い出も残る夏と思っていた。車窓から見える多々羅しまなみ公園。あの夏の日の思い出はこの公園から始まった。思い出の場所、この多々羅しまなみ公園。斜張橋では世界一の橋。ちいさな時計があるしあわせの鐘。

雑踏と喧騒のなか爽やかな日に焼けた黒い顔を見せてわたしを夢空間に誘いだしてくれた海上保安庁最強といわれる青木さん。二度と見ることのない夢の世界だったのだろう。彼はもちろんわたしの夏の思い出は知らない。松山駅での別れを思いだしていた。おもわずくちびるを押さえる恵利子だった。


午後六時十五分……会場班から山田と竹本に連絡があった。

「愛媛ナンバーの黒のクラデンは会場からでた。同じように黒のクラデンやアドリックが多数でている」

山田、竹本は了解し、竹本は尾道大橋のたもとで黒のクラデンを待ちうけていた。因島大橋付近で山田の車が合流する予定になっている。四国に帰る車はすくないようであった。

竹本は因島大橋手前で山田に電話した。

「もうまもなく因島大橋にかかる。用意はいいか」

「用意は万端……ＯＫ」

山田と竹本は怪しまれないように離れたり、くっついたりして黒のクラデンに追従した。

「もうすぐ伯方島ＩＣになる。準備はいいか」

ＲＶに乗る山田は携帯で竹本に連絡していた。マリンハウスはかたに逃走用の小型船の手配も小島に確認していた。山田から伯方ＩＣの手前五百メートル以内で襲撃することを決定した。伯方ＩＣをおりて国道三百十七号線に入れば成功したも同然である。

クラデンの横を一台のセダンが猛スピードで追い越して去ってゆくのを恵利子は見ていた。赤いテールランプが眩しいくらいだった。その車が恵利子を乗せた車との距離を保ち前にほかの車を入れさせない車だとはとうてい思わなかった。

二台目のＲＶは恵利子を奪う車となっていた。

「さあ、行くぜ」

思い出に浸る恵利子たちの静寂を破る車が接近した。ＲＶが突然横殴りに車を接触させてきた。事故なのか、事故ではないことを願った。何事かとびっくりする恵利子や宮本課長。ふり寄せられないようにがんばる運転手。青くなる女性事務員だった。

鈍い音がして車が接触する。

「恵利子大丈夫か？」

宮本はミス大洲を気にしていた。何事もあってはならない。大洲まつりが近いのだ。

「ええ、なんとか。大丈夫よ」

運転手が絶叫する。

「なにをするのだ。みんなこれは事故でない。俺たちを車で襲っている」

どうすればいいのか。宮本はうろたえていた。

横の車からけん銃がでている。恵利子が危ない、恵利子が危ない。宮本はそう考えるしかなかった。車を左に寄せて伯方島ICに無理にだそうとしている。運転手はやむなく伯方島の出口にむかうことしかできなかった。おおきく山間にコースを取り、弧を描く伯方島ICだった。本線のガード下に来ると別の車が停車していた。その車から恵利子たちの車に止まれを指示する仕草がでていた。手にはけん銃らしい道具を持っている。たんなる泥棒でもいいと思っていた宮本であった。僅かなお金しかないが恵利子や事務員に危害がくわえられるのをおそれていた。

「止まろう。やむをえない」

運転手は乱暴に車を止めた。なにが始まるのか、なにをしようとするのか。車をでた男たちはけん銃を手にしている。恵利子はけん銃を目のあたりにしてすくんでいた。

「さあ、全員おりてもらおうか。早くしないか」

宮本は声がふるえていた。

「なにをするのですか。あなたたち」

男たちはあまりしゃべらないのが不気味だった。四人ともけん銃をちらつかされ、おびえるしかなかった。男が静かに言う。

「無駄なおしゃべりはしない。そのお嬢さんを連れていく」

指を差された恵利子は青くなっていた。えっ、わたしを、どうしてわたしを……ふたりの男が無言で近づき恵利子の両腕に手をまわした。暴れる恵利子だったが無駄だった。

「いやです……いやあ」

甲高い恵利子の叫び声が響く。宮本は恵利子がどうしてと思っていた。

「やめてくれ。恵利子を連れていくな」

宮本はふたりの男に飛びついていたが、簡単にあしらわれた。

「死にたいのか。この野郎」

男のひとりがけん銃で宮本の足元を狙い撃った。乾いた音だった。

「早く連れていけ」

「ああ、おとなしくついてこい」

恵利子はふたりの男に目隠しされ、口にガムテープを二重三重にも張りつけられている。

「やめて、お願いよ……うぐぅうぅ」

やがて恵利子の発する声もガムテープのためにきき取れないような声になっていた。

「全員車に乗れ」

公用車にふたりの男が乗りこんできた。ふたりとも手にはけん銃が握られていた。

「俺たちの言うことをきいてもらおうか」

宮本や事務員は車と一緒に国道から離れた場所に連れていかれ、男三人に袋叩きにあっていた。当然車のキーは山中に投げられていた。三人はかろうじて動くことができたが、口はきけないほど痛めつけられていた。どれくらいの時間が経ったのか。恵利子をなんとかせねば、恵利子をどこに連れていこうとするのか。宮本は国道まで出ればなんとか事態の急変を誰かに伝えることができると思っていた。だが携帯電話を取られ連絡手段はなかった。

恵利子はタオルで目隠しされ口にガムテープを張りつけられていた。両腕を男ふたりにしっかり押さえこまれている。身体が自由にならない。声はだせないし呼吸が苦しくなることがある。どこに連れていかれるのか、目的はなんなのか。両わきを男にがっしり押さえられて自由にならない。わたしをどこに連れていこうとするの。夜の七時ごろだったと考えていた。なんでも記憶しておくように考えた。わたしをどこかに連れていって暴行し犯すつもりなのか、誘拐なのか。目的はそれしか考えられない。砂に足を取られることを感じている。潮風の匂いがする。国道を走っていた。それから車からおろされ海岸か浜に連れこまれる。海岸におりる砂浜からどこに行こうとするの。船が待っているのかしら、コンクリートのような場所になった。岸壁なのかしら……今度はコンクリートの岸壁なのか。

「海に落とさないようにしろ……」

「ゆれるから身体を両方から支えろ」

男たちが叫んでいた。身体を支えられたまま船に乗せられるのだろうか。足元がゆれるのを感じた。油の臭いが鼻をつく、すぐに気分が悪くなった。肩や腕があたる……狭い階段をおろされているようだ。そして突き飛ばされた。毛布なのだろう、あまり痛くなかった。やっとそこで両腕を放された。エンジンの音が高まる。船がでるのかな。恵利子は陸から船に連れこまれたことがわかった。どこに連れていかれるのか不安でいっぱいだった。

「いいか、声をだしても誰もきいていない。助かると思えば海に飛びこむのもいい。夜の海じゃ見つけることも不可能や。誰も助けてはくれない。しばらくお前の身を預かる」

身を預かるとはどういうことなのかしら。いつか解放してくれる？　拉致か誘拐と考えていいのだろうか。

「船長役は俺がする」

「いいよ。行き先は宇和島や」

「わかっている」

「いつつく……」

「いまからだと約五時間でつく。ただし佐田岬から豊後水道に入るが海がしけていなければの話や」

小型船は、マリンハウスはかたを出港した。むかうは宇和島市のマリーナである。恵利子は口にガムテープを張りつけられたままである。さらに目隠しをされている。あまりゆれを感じないが気分が悪い。数時間が経ったのだろうか、短時間であったのだろうか、どれくらいの時間なのかわからなかった。

「もうすぐ宇和島に入る。警察のパトカーが来ていないか注意しろ」

「わかったぜ」

「いまはないようだ。赤い灯は見えない」

恵利子の耳に入った言葉。警察。あの海上保安庁最強といわれる青木さんはどうしているのだろう、考えても無駄だった。エンジン音がちいさくなっていく。港についたのかしら。どこに連れて行かれるのかあまり考えないことにしていた。運命なのだわ、しかたがない。両腕を挟まれて陸にあがる。わりとおおきな車に乗せられるようだ。どうなっていくのかひとつひとつ覚えていようとしていたが、その気もなくなってきていた。考えてもどうにもならない。宇和島についたことしかわからない。

「女を車に乗せろ」

「OK」

恵利子は両腕を押さえられたまま車に押しこまれた。それから一時間以上は走っただろうか。どこともわからない場所に連れられてきていた。意識したわけでないが、坂を登るような傾きがわかっていた。途中、携帯で話していたことも思いだされていた。

『みかん小屋の用意はいいか……』

『用意いいのやな。薄暗いが電気もつくということやな』

『わかった』

この内容からすればわたしをみかん小屋に連れてゆくものと考えた恵利子だった。


宮本は意識がもうろうとしていた。足は骨折しているのだろうか動けない。痛みを押さえながら這いずるようにして身体を前に進めていた。運転手と事務員は悲惨なうめきをあげている。相当痛めつけられたのだろう。待っていろ、誰かに連絡する。運転手と事務員に宮本は伝えた。

「なんとかして国道まででる。通りがかりの車に助けを求めるから、がまんしていてくれ。あとで迎えにくる」

　声をふりしぼり言っているので、きこえているはずだが反応は薄いふたりであった。どれくらい気を失っていたのだろうと思い宮本は時計を見た。午後九時七分を示した。くそ、俺の痛みなんかたいしたことはない。それより恵利子がどうなっている。そちらのほうが大事や。恵利子の愛くるしい笑顔が宮本を襲う。恵利子すまない。恵利子を護ってやることができなくて悔やんでいた。宮本は記憶をたどりながら国道にでようとしていた。伯方島は数回訪れている。国道まででるのにそんなに時間はかからない。しかし、左足が非常に痛み歩けない。前の草や木の株をつかみながら引き寄せ身体を引きずりながら国道にでるしかなかった。たぶん顔面は血だらけになっているだろう。ここで音をあげたら恵利子はもう助けられない。宮本は歯をくいしばり這い続けた。三十分もしたのだろうか。

　やがて走行する自動車の音が身近にきこえるようになった。近い国道にヘッドライトの明かりが見える。もうすぐだ。がんばれと自分に言いきかせている。かろうじて島の国道にたどりついた。立てない宮本は国道の看板のポストにしがみついていた。走る車に手をあげて救助を求めるも一向に車は止まってくれない。顔が血まみれの男が手をふる。誰が止まって助けてくれよう。これしかないんだ。お願いだ、誰か止まってくれよ。

大型の冷凍車の車がスピードを落としたようである。トラックが急停止してくれた。運転手はけげんそうな顔をしていたが、宮本の顔を見るなりなにかあったのだろうと直感したのか協力に積極的だった。

「すみません、このような状況です。連絡を取りたいのでとりあえず携帯電話を貸してください。お願いします」

運転手は快く貸してくれた。宮本が一番先にしたことは宇和島海上保安部の古谷への緊急連絡だった。もう二ヶ月前のことであるが、わたしのことを覚えていてくれるだろうか。

第六章 救出要請

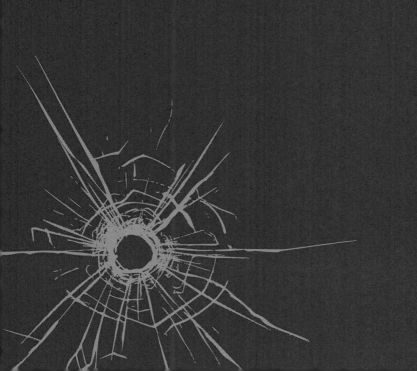

古谷さんの携帯番号をと背広のなかの手帳をさがしていたが、〇九〇まで押したら、後は自然に指が動いた。記憶に鮮明に甦る番号だった。無愛想なコール音が長い。早くでてくれ古谷さん、そう願う宮本であった。コール音が切れた。

「はい、古谷ですが……」

でてくれた。ありがたい。

「古谷さん、わたし、大洲市の宮本ですが、いま暴漢におそわれました。それでミス大洲の北島恵利子がどこかに連れていかれました。お願いです。早く恵利子を助けてくれ」

絶叫に近い宮本の声だった。よくきき取れない古谷はマイクの共鳴音なのか内容がつかめない。ただ大洲市の宮本であることはわかっていた。

「宮本さん、古谷や。落ちつけ、なにがあったのだ」

宮本は、古谷の声をきいてすこしは落ちついたのか、ふるえる声にかわっていた。

「古谷、古谷さん、わたしがいながらミス大洲がしまなみ海道に消えたんだあ」

ミス大洲がしまなみ海道に消えた。消えたとはいったいどういうことなのか。

「宮本さんいいか落ちつけよ。落ちつけ。その消えたとはどういうことなのか」

「伯方島の国道でなに者かに襲われ、どこかに連れ去られたんだ。青木さんに頼んで恵利子を救出してほしい」

恵利子がさらわれた？　いまごろ人さらいがいるのか。

「いつどこで……その状況はどうだったのか」

「今日の午後七時ごろ、伯方島のマリンハウスはかた付近の国道で車に挟まれて、男が四～五人だったと思うが、突然現われてミス以外のわたしらは山中に連れこまれ袋叩きにあった。男は恵利子を奪うとどこかに連れていったんだあ」

ミス大洲が消えた……しまなみ海道に消えたのか。課長のいう予感だったのか。しまなみ海道に消えたミスを追うことになる。まさしく青木の出番になる。

「よし、わかった。すぐに青木に連絡を取る」

「早くお願いします」

あの男、青木の出番が来たのか。しまなみ海道やこの宇和島界隈で動くのか。警察はいま、抗争事件で手がまわらないことも予想できる。情報を流せばあいつはひとりで動くだろう。過去の実績から任務は成功したとしか報告できない奴である。

「宮本さん警察には言わないでおいたほうがいい。直ちに行動をおこす」

「古谷さん、青木さんは恵利子の顔を知っている」

「えっ、知っているとはどういうことなのか？」

「今年の夏、大三島の多々羅しまなみ公園で出逢って楽しく話していたようです」

そうか、あいつの乗る巡視船『あきづ』が、今年のドックはしまなみ海道の因島で修理をしていたのを思いだしていた。しまなみ海道に近い多々羅大橋が、生口島と大三島をまたぐ橋であることは十分に理解していた。

陸で青木の技量を必要としていることが発生したのだ。最大支援をして悪党どもをやっつけられる。古谷自身が興奮していたが落ちついてきていた。タバコに火をつけた。そうか奴が来るか。心のなかでニヤリとする古谷の顔があった。

「すぐに対応するから自分のけがを先になおしておいてくれ。それから俺との連絡は密にするように携帯は常にスタンバイしておいてほしい」

「携帯はない、取られた。大洲に帰ったら別に契約する。すぐに番号を知らせます」

「ＯＫじゃ、一度きる」

消えたのは伯方島なのか、時間は午後七時。六月の青木の行動を思いだしていた。あいつの出番がすぐに来たのか。海上保安庁最強といわれる男の出番が。瀬戸内海に縁があるのか。あの男の行動になにがあるというのだ。宇和島管内の動きになるのか今治管内になるのか。すでに恵利子の顔を知っているとはどういうことなのか。ミス大洲やで、なんの関係があるのか。六本部の関口警備課長に明日早朝に青木要請の援護をしてもらうことを考えた。いや、それではおそい。夜は更けている。関口はもう寝ているだろう。しかし、いまは寝ていようと関係はなかった。商工企画課長からの案が発生したのだ。古谷は関口に電話をした。コール音が長い、やむをえない。

「関口さん宅ですか？」

「関口です」

「宇和島の古谷ですが……」

「おお、古谷なのか」

「その古谷やけど有能な課長に頼みたいことがある。実は大洲市のある課長から青木の要請を受けた。それで手配はできるか？」

「手配できないことはないが、なにか青木を必要とすることができたのか」

「ああ、実はミス大洲が行方不明となった。襲われたのでまちがいはない。とにかく一刻も早くミス大洲救出のため手配してほしい」

古谷は落ちついていた。

「青木の出番か、また六管区で暴れる舞台ができたんだな。わかった。すぐに五警備課長に連絡を入れる。とりあえずどこに来て欲しいのや」

「明日の午前中に松山空港で待っている。それとある程度の武器を調達できないか。呉で調達した以上のものを」

「ああ、なんとかする。定番のけん銃とマシンガンでいいか？」

「できるなら携帯式のロケットランチャーも頼む。広島での事件は海の展開で巡視船『あきづ』の協力もあったが、今回は陸上だけになると思う」

「OK、わかった」

「恩にきるぜ」

「われわれ同期の不文律やで、最大支援はわかっているからな」

「ああ……」

関口は、五区警備課長に電話を入れ青木の六区出向の要請をした。五警備課長は快諾した。六区派遣は巡視船『あきづ』が潮岬東方で行動中であり、明日早朝になることであった。古谷に協力を要請し五区の了解を取った旨連絡した。まずは一安心か。飛び道具のほかの最大支援を考えておかなければならない。

トラックの運転手に三人とも松山まで連れてきてもらっていた。松山の救急病院で三人は手当を受けたが、単なる自過失事故の申しでをしていた。運転手と事務員には恵利子が拉致されたことは口外しないように口止めしていた。当然青木という男の存在を話していた。

応急手当を受けた三人はタクシーで大洲に帰った。市役所につき時計を見たところ二十八日午前一時を示していた。予定通りでないので、とりあえず市役所の宿直室に泊まる旨、各自の自宅に電話を入れた。

しかし、恵利子行方不明の報告をいつにするかが問題である。

眠れなかった。木曜日の朝まばゆい朝陽が昇る。何事もなかったように大洲市に昇る肱川や大洲城跡に陽光が差しこむ。午前九時、大洲市の総務部長が出勤した。宮本は宿直室に来るようにお願いした。宮本は昨夜からの恵利子拉致事件を詳細に説明した。総務部長は各部長級に対してすぐに召集をかけた。あとは市長と助役、恵利子の勤務先である建設企画事務所の所長、それに恵利子の両親が妥当だろう。

午前九時三十分、市役所の特別会議室に市の幹部と関係者が集まり極秘に対策を検討した。

宮本は、恵利子が拉致された経緯や状況を詳しく話した。手には包帯を巻いている。顔は殴られたあとがはっきりするほどの青い痣が残っていた。首筋を強打されたのか真っ直ぐに立てていない。当時の袋叩きの様子が判明するほどであった。ほかのふたりは打撲と骨折で入院している。当然けがにいたる経緯はそれぞれ別の場所による自過失によるけがであることを話すように指示していた。宮本は事務員と運転手に口を封じていた。それは宇和島海上保安部の古谷専門官からきいている海上保安庁最強の男のことをふたりに話していたからである。

市長からまず話がでた。

「この件はいまのところ公表しない方向で考えよう。どのような状況に北島恵利子がなっているのかがわからない。まつりも近いから市民に動揺を与えないことにする。すぐにしかるべき措置を検討することとする」

一同の態度に重苦しい空気が流れる宿直室だった。

宮本は、自分のけがのことなどどうでもいい。恵利子救出の手配を了承してもらうことを先に考えていた。

「昨日の件の対応ですが、みなさんに初めて話します。わたしは、わたしの判断で勝手にある男に恵利子救出要請をしました」

市長が声をあげた。

「もう救出を要請したのか。なぜこれほど早急にしたんだ？」

「説明を続けます。その男は警察官じゃありません、海上保安庁の人間です。和歌山県の田辺海上保安部に所属している巡視船に乗り組んでいる海上保安官です。みなさん、わたしは警察にまかさずにこの男に頼んだのは理由があるからです。その男の正体を宇和島海上保安部にいる古谷専門官から詳しくきいています。疑うならここに名刺があります。必要であればここにメモがあるので見てもらってけっこうです」

総務部長から意見がでる。

「状況からすれば暴行か誘拐目的の拉致になるのじゃないか。なぜ、警察に言わないのか。確かに警察は組の抗争事件で手がまわらない様子でもあるが、なにも訳のわからないその男にお願いすることもないでしょう」

宮本はすぐに話を続行した。

「いや、みなさんしばらくわたしの話だけをきいてください。あとからになりましたが、すでに宇和島海上保安部の古谷さんを経由して、その男に恵利子救出の連絡が行っています。その男はもうヘリコプターでこちらにむかっているようです。その男についての情報ですが、古谷さんの話によると海上保安庁最強の男といわれているらしい。この夏に多々羅しまなみ公園でその男を見ています。みなさんは知っているかも知れませんが、アメリカ海軍に所属する特殊部隊員のような男です。テロ鎮圧の特殊部隊員のような人間です。この六月に新聞でスクープされたが、あとは謎のできごとと片付けられた広島県○○島の中国人密航に関わる事件をご存知ですね。その事件の解決はその男ひとりとごく普通の女が協力してやり遂げたらしいです」

「なぜ、課長がその男を知っているのか。一課長が早急にその男に依頼したのか。理解できない……市の幹部の意見やご両親の意見もきかないで、すこし勝手じゃないのか」

「そうです。勝手にお願いしました。その男に八月二十一日大三島のしまなみ公園で逢いました。直接話をした訳ではありません。当然そのような男と知る由もありませんでした。しかし、わたしの勘というのか、とんでもない男に見えました。その男に興味がありまして、しまなみ海道でのイベントが終わったあとにその男の情報を宇和島海上保安部からきいていたのです」

「なぜ、そのような特殊部隊にいるべき男が海上保安庁にいるのか？」

「それは古谷さんにもききましたがわからないらしいです。きくと趣味であるとしか答えは返らないそうです」

「その男でほんとうに大丈夫なのか？」

「いままで話したように完璧に遂行する男のようです」

「大洲まつりは近い。十一月三日やで。救出の要請をしたが、まつりまでに間にあうのかね」

「まつりに間にあうように要請すればそのようにしてくれる。わたしは恵利子を無傷で救出することを望んでいるが、それも可能でしょう。実際古谷さんからその男の話をきいているだけでわたしもぞっとしてきました」

「日はそんなにない……信頼できるのか？　まつりに間にあうように」

「その男についてもっと詳しく話します。ただしこの場だけにしてください。その男の身長は百八十八センチあります」

助役は家族の話としてきいていたことを思いだした。

「市民の噂であるが、その二ヶ月前に北島恵利子が大洲市で北島と同じ服装をしたおおきな男と一緒だったと言われる男なのか？」

「いえわたしは存じないのですが……」

恵利子があの男と大洲でデートしていたのか。やはり恵利子もそれなりの女だったのか、素晴らしい男と見極めたのか。出逢いを望んでいた男と考えていたのか。恵利子の性格からすればそうなのかも知れない。多々羅しまなみ公園でかなり話しこんでいたようにも見える。その男が近所の島に来ていることをきいてドックをさがしあてていたのかも知れない。

「街の人の話で身長は百九十センチほどあるみたいと言っていたのが気にかかる。それに噂だがゴリラみたいな身体をしているとのことだった。そのような男なのか？」

「またこのようなことをきいている。おはなはん通りのある女性だが、その男は恵利子と一緒にいたらしいが、恵利子はこの男と一緒にいることを内緒にしていてほしいと言ったそうだ。そのときに関西方面の極道と殺傷沙汰になりそうなトラブルがあったが、極道はその男を相手にするな、相手にしたらバラバラにされ殺されるとか言って退散したこともきいている」

そうか……恵利子とその男にそのようなことがあったのか。

「たぶんその男と考えられるでしょう。そのゴリラみたいな男です。早く理解がほしいのです、続けます。身体はもうみなさん想像できると思いますが筋肉の塊です。それは、わたしは多々羅で見たので鮮明に覚えています。あらゆる武道格闘技に卓越した技術を持っている。それからけん銃はもちろん機関銃や対戦車ロケットランチャーまで撃ちこなす技量を備えている男です。古谷さんの話じゃ、普段話をするときはごくごく普通の海上保安官であるが、敵を目の前に一度武器を手にすれば殺人マシーンみたいな眼になるそうです。いや、物をこわしてまわるえたいの知れない怪物みたいになるそうです。単なるひとりの男にすぎませんが、行動をおこすときにどこかで武器の調達があるらしい。武器である機関銃やそのほかの武器はどうして調達されるかはわからない」

「わからないってどういうことなのか？」

「それはわたしにもわからないが、そのときがくれば、どこからかその男がつかうためにすでに調達されているらしい。たぶん調達先は米軍か自衛隊じゃないかと思う」

幹部や市長は黙るしかなかった。

「市の判断でその男に恵利子救出の要請を取りやめて、いまから警察に言うのもいいかも知れません。しかし、警察はたとえ救出してもまつりにミス大洲として登場するにふさわしいミスであるとは保証できないと思う。さきほど話したように条件付きで要請すればその要請を完遂する男です。そのためには支援も多少の犠牲もやむをえない。広島の事件では、悪い奴らのアジトの跡は焼け落ちた残骸しかなかったそうです。死体もあったが人間の部位としてバラバラに転がっていたそうです。もちろんその男が活動した痕跡はなにもなかった。皆無だった」

宮本の話をきいている幹部や市長は冷や汗をかいていた。

「恵利子を救出するにはもってこいの人物だと思います。もうすでに動いている」

恵利子を思えばしかたなかったのだろう。恵利子を護ることができなかった。袋叩きにあうのはやむをえない。しかし、いま、恵利子が見知らぬどこかで助けを求めている。宮本の目から、涙が流れていた。

「わたしの勝手です。恵利子救出をその男にお願いした……もうあとには引けない。恵利子は無事に救出され大洲まつりに華麗に登場します。もし恵利子が登場しなければ、わたしは辞職なりなんなりされてもしかたない。腹はくくっています」

宮本はその男に賭けていた。

市長はため息をついたあと言った。

「われわれにできることはなにかないのか？」

「その男とてひとりの男にすぎない。情報がほしいとのことである。なんでもいいから情報を伝えればコンピューターなみの頭脳で分析するらしい。わたしもその男の話をきいて青くなった次第です。あらゆる情報を収集することがわれわれのできることと思っています。恵利子を人目につかせない……無傷で救出してほしいとなればそのような結果になるでしょう」

対策会議は午前十一時三十分に一旦中断された。宮本は情報整理に指示をだしていた。またけがの具合が悪化し、しばらく休息を求めた。

午後二時三十五分に市長宛の電話があった。誘拐団からの身代金の要求である。受け渡しの場所はあとで指示するとのことであった。要求金額は一億円である。とりあえず準備をしろとのことであった。宮本の脳裏に愛嬌をふりまく恵利子の笑顔が横切った。やはり身代金目的の誘拐だったのか。かわいそうな恵利子……すぐに救出する男が来る。それまで元気に待っていてくれ。

午後四時に対策会議は再開された。その前に古谷からハンググライダーとパラグライダーのセットを調達するように宮本に連絡が入っていた。間髪入れずに近隣のスカイスポーツの業者に手配を指示した。そして、まだあるその男の有能を説明するべく考えていた。

このことは話しておいていいのか迷ったが、会議の席につくなり宮本は切りだした。

「みなさんにこの男の別の部分として話しておきたいのですが、仲間の海上保安官によると、その男にからむ女はその男に寄り添うことが許される女であることが条件のひとつらしい。この点はわたしも理解できないのですが」

出席者がざわめいている。寄り添うことが許される女とはどういうことなのか。みんな一様に考えていた。寄り添うことが許される女の条件がなにを意味するものであるのか。

そのとき宮本は、恵利子がミス大洲に選ばれたときに見た笑顔や身長百七十二センチ、でるところはでているダイナマイトボディの身体を思いだしていた。

そうか……その男の身長は百九十センチもあるとすれば恵利子がその男に同席した場合、いや、一緒にいることそのものが最適に似あうことなのか。ありふれた女じゃ似あわないことなのか。それであれば並の恵利子じゃない、その男に寄り添っても似あうのだ……絵になるのだ。古谷さんが言う、寄り添うことができる女とはこのような意味に違いない。ミス大洲北島恵利子は、その男海上保安庁最強といわれる男に寄り添うことが許される女なのだ。そうかわかった。わかったぞ。これで恵利子無事救出の確信が持てた宮本だった。

「みなさんにはっきり申しあげます。十一月三日の大洲まつりにミス大洲北島恵利子はなにもなかったような純白無垢の姿で登場します。確信します。いまの時点ですが古谷さんからすべて黒色のハンググライダーとパラグライダーのセットを要求されています。それを考えれば、その男は夜の空を悠々と飛び、恵利子救出を考えているようです」

「なぜそのようにはっきり言えるのか？」

「先ほどその男に寄り添うことが許されるということを考えていました。それは、北島は四国の一地方都市大洲のミスです。わたしだけの考えになるのですが、全国のどのミスにも負けない優雅さややさしさにあふれています。自らは選ばれたミスだミスだと表にださず、自分自身のレベルを下げてはいない。大洲市民に選ばれただけのことはあります。海上保安部の古谷さんは言っていました。その男は単なる女好きの男でない、からむ女も分析される。いま、話したとおりミス大洲の北島はその男に似あう。横にいても最高にマッチした絵になることである。それがその男に寄り添うことが許される条件と考えました。みなさんいかがですか？」

「そうか、課長はそのように考えるのか。その条件はその男に適合するのだろうか？」

「それはまちがいありません」

全員がそのような考えになるのかと思っていた。

「ハンググライダーで救出を考えているのか？　そのような技術を持ちあわせているのか……その男は？」

「そうらしいです。松山の気象台から大洲地区、年間の風の特性状況や、今後の天気予報や風向風速を、さらにサーマルとかいう熱気団の発生状況を大洲市や八幡浜市、宇和島市の範囲で情報としてまとめるように指示を受けています。例えば、山に風が当たり、裾に沿う上昇気流があります」

「ハンググライダーとパラグライダーのセットの調達を要請されているのか？」

「その技量は、きくところによると趣味の範囲をこえ一流の愛好家に匹敵するとのことらしいです。世界選手権にでても上位に入賞するくらいの技術を持っているらしい。勝手なのですが、もう五十崎町の〇〇スカイスポーツクラブと〇〇スカイスポーツ教室の二者に課長補佐を通じて調達と情報の提供をお願いしています」

総務部長はため息をついていた。

空を飛ぶ男、あらゆる武道格闘術を習得している。さらにロケットランチャーまでつかいこなすのか。テレビや映画じゃないが実際そのような男がこの世にいるのか？ほんとうなのか。

「市長どうでしょうか。もうその男はヘリで松山あたりに来ているものと思う」

市長は静かに話した。

「宮本課長が言うとおりその男に賭けてみようと思うが、みなさんどうですか？」

ざわつきがあったが異義なしの意見であった。

「わかった……その男に期待しよう」


恵利子は薄暗い裸電球のある部屋に連れてこられた。初めて目隠しを取り除いてもらった。古いみかんのダンボールが散在する部屋だった。壁は亀裂が入り、隅には蜘蛛の糸が見えている。乱雑に暖を取るような古い毛布が敷かれていた。

「いいか、しばらくここにいる。おとなしくしておくんじゃ……いいな」

男は部屋からでていき鍵をかけた。

いいもなにもできない。恵利子は自分が拉致されどこか遠くの場所に連れてこられたこととわかっていた。どうしてこのようなことになるの。泣いていた恵利子だった。頭をかかえていた。なんでもないごく平凡な生活からミスに応募し、そしてミス大洲になった。これがよかったのだろうか。ミスにならなければこういうことがおきなかったのだろうか。わたしを拉致した目的はなんだろう。身代金目的の誘拐なのか。目的を達成すればやがて訪れる死があるのみなのか。ミス大洲と書かれたたすきがちぎれて目の前にある。複雑な気持ちになっていた。男たちはけん銃を持っていた。課長や事務員そして運転手はどうなっているのだろうか。わたしのために大変な目にあっているのでしょう。ごめんなさい。恵利子の目から涙があふれていた。幸い服はあまりいたんでいない。でもいつか男たちはわたしを襲うのはわかっている。全裸にされて好きなように乱暴されるのか。どうしてわたしがこのような目にあわなければならないの、わたしがなにか悪いことでもしたの……お母さん。

簡単な食事は与えられていた。簡単な弁当やペットボトルのお茶が渡されていた。生理現象も申しでれば案内されてすましていた。二日目だったのか。ひとりの男が部屋に入ってきた。若い男だった。

恵利子は涙声で叫んでいた。

「わたしはどうなるのですか……早く家に帰してください。お願いです。お願いします」

「お前は当分家には帰れないぜ。なんせお前は金づるになる商品や。その商品が高値で売れれば家に帰ることができよう」

「商品ってなんですか？」

「やかましい。それ以上口をきくな」

男は恵利子の様子を見にきただけであっただろうか。すぐに部屋をでていった。わたしが商品であるのか。そして外国に売り飛ばされる。ミスの看板を背負っているからなのか。また身代金目的の誘拐であるのか。お金を脅し取る集団なのか。恵利子はどのように考えてどのようにすればいいかわからなかった。

いずれ男たちはわたしの身体を求めてくるだろう。多数の男にめちゃくちゃに乱暴されて殺されるだろう。そのような目にあいたくない……自らの死を選ぶことしかないの？　もうどうすることもできない。お母さん、どうしてこのような目にあわなければならないの。恵利子の目から涙が流れていた。

第七章

ミス松山の秋

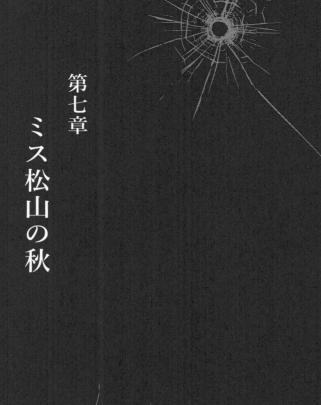

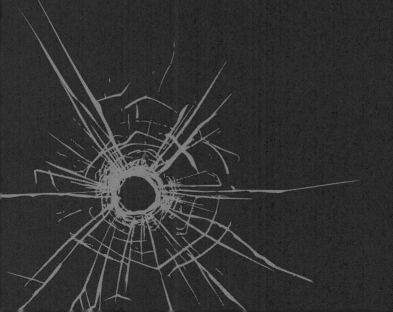

十月二十八日午前七時三分……青木はＭＨ六百五十三の機上にあった。眼下に増速中の巡視船『あきづ』と併走する高速警備救難艇が見える。すぐに船尾のハウスに収容しないままだった。俺を見送る増田航海長の粋な計らいなのか。ありがとう……。

あと二時間もすれば田辺入港か。小出以下の部下は十分な休養を取っていてほしいと願っていた。いよいよ六管区にゆくのか。いったいなにがあったのか。俺を呼ぶなんて六管区での対応はできないのか。機内ホーンで機長の合田から話があった。

「青木、詳しいことはわからんが、ある女が拉致されているようだ。情報元は宇和島の古谷らしいぜ。相手の詳細は不明やが、銃撃戦の可能性はあるということを予測している」

「なに、古谷の情報なのか。そうか古谷ももう専門官になっているのやな」

「係長を卒業し張りきってやっているぜ」

「そうだろうなあ。やる気まんまんでいるのだろう」

ある女が拉致されているというが、どういうことなのか。ひとりで対応できるものなのか、ひとりでは無理なのか。無理であればアシストを考えるか。必要があればアシストは誰にするか。この夏に出逢った愛媛県のミス大洲とミス松山を知っている。六月のファーストライト作戦の白瀬浩子はどうか。競技運転者許可証Aの持ち主の女性であるが、愛媛県を縦横無尽に走破するには地理的にはすこし問題が残る。ミス松山の山中裕子はどうだろうか。イベントがなければ彼女をアシストにすることはどうか。大型の車を乗りまわし運転テクニックは抜群ときいている。地元であり県内の交通アクセスは十分に熟知しているだろう。車を借りれば車に毛布やら簡易なキャンプセットを積みこんで数日は活動できる。

古谷は警備救難課の専門官としての仕事があるが、かけもちで確実な追跡ができる情報を担当してもらうか。まだ詳細な情報はない。先決すべきことはしておかなければならない。もし裕子にイベントがなければ必要とする場所の地理的なことは把握している。週末ドライバーで県内の道路は熟知しているだろう。ミスということで期間中はその行動に慎重になることはやむをえないことか。準備は最善を尽くしておかなければならない。

「合田、いまできることを古谷に伝えることができるか？」

「いいぜ。できることを言えよ」

「三点を頼む」

「三点やな。それだけでいいのか？」

「一つは百七十五センチのブラックか、もしくはグレーのコンバットスーツとタクテカルベスト。それに二十五センチのシューズとサングラス付きで。スーツは俺のも頼む。二つ目は松山市のこれからのイベント情報を知りたい。イベントは企画の内容まで頼む。できたら松山到着までにそろえていてほしい。三つ目は毛布を四枚ほどとテントのいらないキャンプセットを頼む」

「とりあえず三つでいいのか。わかった。すぐに連絡を入れる」

備え付きの航空無線で統制通信事務所を経由して合田は古谷に電話していた。古谷のことである、すぐに調達と、その後の情報を入手して分析するだろう。

「百七十五センチのコンバットスーツは誰が着るのや。予定はあるのか？」

「松山である人物とコンタクトしてみる。都合がよければ俺につきあってもらう」

合田はニヤリと微笑んでいた。

「了解。それ以上はきかないぜ」

「そのように頼む」

青木のことである。呉で展開したファーストライト作戦のようにアシストする愛媛のスーパーガールが待っているのか。松山空港までのフライトは特に問題なかった。


午前十時四十分ＭＨ六百五十三は松山空港に着陸した。

古谷専門官が待ち受けていた。機内から笑う合田のおおきな声がした。

「なにかあったら電話をくれ。応援するぜ。愛媛の女も一見したいぜ」

「ＯＫ、わかった。そのときは連絡する」

「ああ、待っている」

合田は思っていた。やはりアシストする愛媛県のスーパーガールがいるのか。

「ありがとう」

「古谷あとを頼んだぜ」

「了解や」

親指を立てた合田の操縦するＭＨ六百五十三が離陸した。

ふたりは空港ロビーにむかっていた。広々としたロビーで警備係長がふたりを待っていた。警備係長は空港ビル二階の有料待合室Ａに案内した。誰かにきかれることもない。ゆったりした待合室である。部屋に入るなり古谷がおおきな声で話しかけてきた。

「青木久しぶりやなあ」

「そうやなあ。元気でやっているのか？」

「元気でやっているぜ」

「古谷の情報で動かされるときいたが、そうなのか？　ある女が拉致されているのかわからない。行方不明ときいている。それで救出をしてほしいとのことだろう」

「ああ……そうや。突発的なことがおきたよ、すまないが全面協力願いたい」

「いいぜ。それと先に知りたいといっていた情報はあるか？」

「黒のコンバットスーツは二着準備しているぜ。それと松山市のイベントの状況はパンフレットを参考にしてくれ」

古谷は袋入りのイベントパンフレットを差しだした。

「ありがとう」

青木は松山市開催の各種イベントのカラフルなパンフレットをじっくり見ていた。パンフレットは多い。松山市内各地で秋本番のたくさんのイベントがある。ミス松山の参加するイベントは来月の中旬に松山市であるのか。月初めであればなにもない。解決が遅れれば数日はかかる行動になろう。裕子は誘いに乗ってくるのか。

「古谷、ちょっと失礼する」

要請した松山市のイベントパンフレットはなにを意味するものか。松山のイベントの情報がほしいのか。あいつのことである、無意味じゃない。なにか意味があるのはわかりきったことである。パンフレットからなにを分析するのであろうか。

たぶん仕事の最中であろう。すぐにミス松山の山中裕子に連絡を取った。携帯にはすでに登録されている裕子の携帯電話番号だった。コール音が長い。

「はい……」

「山中さんですか？」

「はい、そうですが……」

「この夏に因島でお逢いした海上保安庁の青木ですが、憶えていてくれていますか？」

「青木さんですか？」

「そうです。青木です。急なお話ですが、いまから裕子さんの車付きでおつきあいできますか？　できたらご協力を願いたい」

うそー……青木さんが松山に来た。あの男、海上保安庁最強といわれる青木さんが来ているの。ミス大洲の北島恵利子さんが、この夏その男に恋をした。その男からの電話である。もちろんＯＫよ。でも、どうしようか……恵利子さんがいるのに。ごめんなさい。恵利子さんに内緒で悪いがつきあわないとわたしの名がすたる。電話の主はほんとうにそうなのか。多々羅しまなみ公園と因島で逢った青木さんなのか。銀行のお客さんで青木さんという名前のお客さんはたくさんいる。

「あの、すみません。……海上保安庁にお勤めの青木さんですよね？」

「青木ですよ。今年の夏に多々羅しまなみ公園のイベント広場と因島でお逢いした」

ほんとうに青木さんなのか。夏の日の面影と、あの因島での思い出とその情景。逢いたい、たまらなく逢いたいわ。裕子の脳裏をかすめる横顔とその肉体。海上保安庁最強の男。どうして和歌山からわざわざ松山に来ているのか。これはもう休暇を取って休むしかない。

「わかったわ。いま、どこにいるのですか？」

「松山空港にいます」

青木は、おおきな身体の裕子がおおきなＳＵＶを操り山間の道路や海岸の国道を疾走する姿を想像していた。行動に参加すればサングラスをかけ女豹のような動きをする女と見ていた。

「すぐに行きますわ」

「いまと言ったけど大丈夫なの？」

「はい、大丈夫です」

因島で逢って以来二ヶ月ぶりだわ。二度と逢えないと思っていた。このような機会はもうない。わたしにつきあってほしいのはほんとうなのか。万歳だけど、なにをしに松山に来ているのだろう。二ヶ月前に恵利子さんがイベント広場でよく話していた、また恋をしてしまったと話していたすてきな青木さんに逢える。わたしも夏の思い出にゆっくりお話をしたいと思っていたのも確かだわ。すこし恵利子さんに妬いていたのかも知れないわ。わくわくする裕子だった。今夜も彼とのデートが約束されていたが、当然キャンセルする裕子だった。彼が悪いんじゃないの、ごめんなさい。とんでもない男がわたしにつきあってほしい、協力してほしいとのことなの。急に有給を取ることができる。

裕子は松山市内の大手都市銀行に勤めるOLだった。そしてミス松山でもあり、当然素晴らしい彼もいる。

裕子よ協力願う。具体的にどのようなことなのかわからないが、その運転テクニックとSUVが役に立ちそうな気がする。

裕子はとりあえず会社の有給休暇は取れたものの、おつきあいにチョッピリ不安と安心が交錯していた。

裕子さんよ。帰国子女で紛争の絶えない中東に二年間暮らしていた実績がある。テロに襲撃された村の殺戮状況の実態を現地メディアで相当見てきている。これからの作戦も苦にならないはずだ。だからこそ作戦のアシスト役に任命させていただいたんだ。理解してほしい。そう願った青木だった。

「野暮用ですまなんだ」

古谷は数枚の情報ペーパーを用意していた。

「情報のペーパーはまとめている。端的に話すが、ようはお前も知っているミス大洲の北島恵利子という女が拉致されたのかわからんが、行方不明になっている。そのミスを捜しだしてほしいのや。いままでなにも告げずに所在がわからんということはなかった。本人の意思での失踪でない。悪戯でもない。拉致なのか身代金目的の誘拐なのかわからない。十一月三日が大洲まつりである。それまでにそのミス大洲を人目につかず無傷で救出してもらいたい。行方不明になったのは昨日の午後七時ごろなんや」

「行方不明になっているのは確かにミス大洲なのか？」

あのやさしい顔だちの大がらな女。北島恵利子にいったいなにがあったというのか。ミス大洲と過ごした夏の思い出が脳裏をかすむ。大洲市でのデート、松山駅での別れ。

「ああ……」

「行方不明の場所というのはどこになる？」

「伯方島のマリンハウスはかた付近の国道らしい。一緒にいた大洲市の商工企画課長がおまえを知っていると言っているぜ。八月二十五日にお前の詳細をききたいとわざわざ宇和島まで来ている。ミス大洲は夏に逢っているだろう」

「確かに今年の夏『あきづ』がドック入りしているときにしまなみ海道で逢っている」

「その逢った女や」

「なぜ、お前がその捜索の要請をするのや？」

「大洲市の商工企画観光課長の要請や。たしか夏の終わりにここを訪ねてきた。お前のことをすべて教えてほしいと言っていた。ミスを預かっている以上なにかと不安である。なにかあったらお願いしたいと頼まれていた。夏にミス大洲と話しこんでいたときにお前はすごい男と思っていたらしい。それでお前のことを話しておいたからと思う。なにかあれば助けを求める様子だったのでお前の技量のすべてを話しておいた。それに課長の勝手な思いであるが、彼女は大洲市の古い赤煉瓦館に似あう女やと。赤煉瓦館を知っているか？」

「俺のことをすべて話していたのか。そうか、それはまあいい。それで家族とか会社に相手からなにか連絡があるのか。話は飛ぶけど大洲の赤煉瓦館は知っているよ。赤い煉瓦の館や」

「それが、連絡はいまのところまったくない」

「彼女が失踪する理由はなにかあるのか？」

「きいてみたが、家族や会社の話ではない。事件に巻きこまれたか、拉致か誘拐とみている。もし誘拐であれば身代金は時間的経過をみて要求してくるものと考えている」

ミス大洲か、夏に逢った北島恵利子を思いだしていた。ミスに恥じないおおきな身体をしている。すくなくとも身長は百七十センチ以上あると思っていた。ダイナマイトボディの持ち主である。愛想がよくて男を惹くものがあった。今治まで自転車で行くことを話すと笑顔で励まされた。しかし、数日後にどうして、なんのためにミス松山と一緒に因島に来ていたのかは不明であった。くだらんトラブルにあいふたりを助けた。そのときにはミス大洲とはまったく話はしてはいない。ミス松山からお礼と携帯の番号を知らされただけである。その次の日曜日にミス大洲から、お礼と言ってわざわざ今治まで迎えにきてもらい大洲市を案内してもらった。別れ際ひと夏の思い出がほしいと言っていた。人影がまばらな松山駅構内でキスをした思い出が残る。もうそれっきり逢うこともないと思っていた。

「青木よ。いま、言ったとおりなにも情報はないのや。さがして救出できるか？」

「情報のないのはしかたないが、あらゆる情報を集めてほしい。それで課長はなんて言っているのや」

「大洲まつりに間にあうように救出してほしいのやて」

「まつりはいつ」

「十一月三日文化の日で、水曜日や、六日後や」

「拉致や誘拐のほかの情報はないのか？」

「いまはまったくない」

「難しいぞ。情報がなければ動けないぞ」

「わかっているぜ。相手がわからないし、急を要することだったので必要な武器はすでに六本部の関口から数種類の小銃とけん銃を調達した。好きな奴を選んでくれ。相応の弾薬とマガジンを用意している。おまけに携帯の対戦車ロケットランチャーも調達した」

「そうか。ありがとう」

「ミスをけがなく人目にさらすことのない条件付きだが頼む」

無傷でかつ人目につかせない条件なのか、いまはなにも情報はない。まつりまで日はないに等しいのか。

「武器道具の追加はできるか？」

「なんなりと。小銃は米海軍シールがつかう最新のドイツ製サブマシンガンも調達しているぜ」

「各国特殊部隊愛用の丈の短いドイツ製のサブマシンガンか。小型の最新の奴やな。ＯＫ心強い」

最新のサブマシンガンのことをあいつはすでに理解しているのか。俺にはさっぱりわからない。六四小銃や八九式ならわかるが。

「条件次第じゃ夜の動きになる公算もあるので、今後要求するものは黒ずくめで検討しておいてくれるか」

「ＯＫ、わかった。ナイフやロープの小物はいつものようなセットにしておいたが、それでいいか」

「関口がその内容を見ているのやな。関口がいいのならそれでいいぜ。広島と呉の実績のある関口やから大丈夫と思う」

「了解や」

「拉致軍団や誘拐グループの所在はつかめないのか？」

「いまのところは」

「誘拐されたのはミス大洲にまちがいはないのか。なにかの事由で、途中ですりかわったとか」

「商工企画課長と市役所の女性事務員が同乗していたからまちがいはない」

「別な不審者の動きの情報はないのか？」

「それがまったくないんだ」

「身代金授受の指定はまだないのか？」

「誘拐であればいつかくると思うけど、いまのところきいていない」

「商工企画課長と市役所の女性事務員の目撃情報はないのか？」

「午後七時ころ前後に車に挟まれてあっという間だったらしい。車からでてきた男にいきなり鈍器のようなもので殴られたのであまり覚えてないらしい。おまけに山間に連れていかれ袋叩きにあっている。三人とも殺されなかっただけでもましかも知れない」

車で襲っているのか。なにか情報はないのか。人相や体格、言葉の話し方はわからんのか。車の種類はどうなのか？

「ヘッドライトぐらいつけていただろうに。車種はわからんのか？」

「ああ」

「じゃ、話し方はどうな？　なまりのある特有の地方の話し方？」

「わからんらしい。ただ気になるのは、まだ公になっていないが、広島のレンタカーに乗った中国人らしいのが、県内やしまなみ海道で頻繁に目撃されたとの情報もある」

「そうか。それでその組織の全貌はわかっているのか？」

「いや、まだわからん。広島のレンタカーというのが気になる」

情報はなにもない、ミスをけがさせない、人目につかせない条件である。相手の動きはまったくつかめない。被害者のミスの所在は大洲市なのか。たしか県西部にある盆地のなかにある街なのか。山の多い県の西部か海岸が入りこんでいることや、道路が狭いことを考えれば、なにもない情報から有力な情報が入り次第、すぐに行ける空の散歩の道具が必要と考えていた。さしずめ音もなく進入できるハンググライダーやパラグライダーがいいのか。灯台もと暗しのこともある。誘拐であれば大洲市を舞台に身代金を要求することも考えられる。盆地であれば風の吹きおろしがある。盆地とすこし隔てて海なのか。寒暖の差がおおきいかも知れない。霧の発生も考慮しておかなければならない。長期展望の天気予報のことも指示しておくべきか。あらゆる情報を要求し整理しておくべきだろう。

「古谷、追加の道具やけどハンググライダーとパラグライダーを調達できるか？　数時間のうちに」

「ああ、なんとかする。すべて黒ずくめの奴か？」

古谷は同行の警備係長にハンググライダーとパラグライダーの調達を依頼した。

「できたらそのようにお願いする。それから大洲市の情報は一般的なものやろう」

「市の分析は交通体系の情報がある。一般的なものだと思うよ」

ＪＲの線路はあるが、その方向や直線の長さや勾配まではつかんでいないのだろう。

「古谷いいか、ミス大洲が行方不明なんてマスコミがかぎつければとんでもないことになる。街のランクなんて関係ない。大都会や中核都市のミスと同じや。松山市や大洲市周辺の情報をもっと知りたい」

「その知りたい項目を教えてくれ」

「相手はどこにいるのかわからない。所在がわかればすぐに対応したい。当然隠密接近は夜になる。半径百キロメートル以内の動きに対応できるようにハンググライダーとパラグライダーをつかうことを考えている。だからこの松山や大洲市付近のパラグライダーの離発着場所の情報。それとＪＲの八幡浜駅から松山駅までの線路の状況。線路両側の障害物と直線になっている長さ。駅間の距離は時刻表で調べる。それが一点や。二点目で大洲市をとりまく山の状況や。高さと勾配、それに植林の状況程度でいい。三点目で大洲や周辺の山を含む風の状況を知りたい。この季節がらでいい、風向風速程度で山からの吹きおろしの風速や上昇気流とサーマルの発生状況を知りたい」

「わかった。測候所や建設企画事務所でわかるだろう。ＪＲも文献でも調べておく。必要があれば大洲市の宮本課長をつかうよ」

「そうかなるべく早く調べておいてほしい」

ミス大洲が行方不明になっている事実。どこの誰がきき耳を立てているかも知れない。恵利子を暗号名にするのを妥当と考えた。

「古谷、ミス大洲が確実に行方不明になっている事実として、連絡の際には暗号を言うことにしようか」

「ああ、わかった。その暗号名はなにか？」

「なんでもいいが、恵利子のEを取るエコー二十七でどうか？」

「それでいいが、その二十七はなにか？」

「それは俺の気儘にさせてくれるか」

「OK」

今後の展開に秘匿通信手段を講じておかなければならない。

「それから恵利子に関与する人間にはすべて恵利子をエコー二十七と呼称するように伝えておいてほしい」

「わかった」

青木の活動の拠点をどうするか。すでに宿の手配は松山にしているが、どこがいいのだろう。

「滞在はどうする。宇和島に宿を手配しているが」

「今日、一日だけでいい。できたら松山にしてほしいがいいか？」

「どこでもいい。好きなところを手配する」

古谷は警備係長に松山市内のホテルを予約するように指示した。

「壊滅の調達物はどうする。鉄の塊やでけっこうな重さになるぜ」

「大丈夫や。物のシフト先がもうすぐに来る」

ミス松山の山中裕子を手配していたがもうすぐに来るだろう。

「明日以降の滞在はどうする」

「その辺は迷惑かけない。フォローする人間はいる。連絡設定は携帯を常にスタンバイしておく」

海上保安庁最強の男のことか、すでにこの松山に女がいるのか。ロシアのスパイもどきの女が、銃撃戦やカーチェイスをやり遂げる女がいるのだろう。古谷は、空港内のパーキングに案内した。調達物を確認し車と一緒に引き渡す予定だった。古谷が松山観光港で関口から受け取った物はそれなりの重量であった。濃紺のバンである官用車のなかに入る。車内で関口が深夜に調達した各種武器を取りだしていた。サブマシンガンは小型ながらそれなりの命中率を誇る、対戦車ロケットランチャーは国産の八十九ミリロケットランチャーに似ている。扱いはやさしい。けん銃やマガジンの状況と作動確認をした。マガジンを差しこむ。上部に見える弾丸の薬きょうの輝く表面、つや消しの銃の表面。このマシンガンの引き金を恵利子のために現われる標的に引くことになる。やむをえないだろう。

「いい。これだけあればなんとかなるだろう」

「まだあればなんでも調達する」

「そうか。ありがとう」

古谷は、武器の取り扱いや作動確認している様子をじっくり見ていた。武器の外周を冷酷な視点が移動する。それが赤く見えるのは先入感があるからなのか。

「青木よ。悪党をやっつけるよう生まれた天性と違うか、眼を見ているとほんとうに輝いているぜ。俺らはよくわからないがなあ」

「そうか。くだらん趣味やで」

古谷の携帯がコールしている。

「古谷さん、宮本です。ミス大洲の北島は誘拐されていました。いま、一億円の要求があり、いまのところは準備しろとのことです」

「そうですか、やはり誘拐だったのですね。わかりました」

電話をきった古谷は言った。
「青木、やはり消えたミスは誘拐されていた」
「そうか。あのミス大洲は誘拐されていたのか」

そうか誘拐か。誘拐なんて今どき似あわない犯罪じゃないのか。身代金を要求するなんて時代錯誤も相当なもんだと考えていた。救出するにも拉致場所が分からなければなにもできない。手立てはないかと考えたとき、ふいに○○組の山本を思い出して電話した。山本の話によると岡山県、広島県、瀬戸内海をまたぎ対岸を占める愛媛県での外国人の動きはないが、東京新宿を拠点にする中国人マフィアが、最近関西方面で犯行を計画している。グループの構成に広島県や愛媛県出身の日本人がそれなりにいるということだ。大洲出身の日本人はいないのか。関西方面で犯行の計画がある情報でもとれてよかった。

午後三時、裕子は松山空港についてすぐに臨時ヘリポートの場所を空港事務所係員にきいた。海上保安庁のヘリはすでに離陸しているとのことだった。

裕子の携帯がコールする。

「はい」

「裕子さん、青木です。いま、空港のパーキング北西の隅で待っています。目印は濃紺の商用車のバンです」

「わかりました。すぐに行きます」

むこうに濃紺のバンと三人の男が見える。おおきな男で、一目でわかる青木さんの身体。二ヶ月前と同じである。あれっ、かわった服装をしている。

青木は、こちらに近づいてくるSUVを見ていた。山中裕子なのか、急なデートの申し込みを許せ。いま、恵利子が大変な事態になっている。忙しいところだが協力願う。

裕子が所有する大型のSUVが青木と古谷の目の前に停車した。

「青木さんお久しぶりです。お待たせしました。山中裕子です」

「裕子さんお元気でしたか？　すまない。すこし協力を願いたい」

「はい、それはもう元気でしたよ。逢えるとなるとさらに協力する元気がでてきましたよ」

「そうか、それはありがとう」

なにへの協力なのか、まっいいか。一緒ならばなんでもいいと裕子は思っていた。

「古谷、紹介しよう。こちらが今回協力してくれる山中裕子さんや。松山市の銀行に勤めている。知りあいの仲や」

「古谷です。青木とは海上保安学校の同期生です。宇和島海上保安部に勤めています」

「山中裕子です。青木さんとは今年の夏に大三島のしまなみ公園で出逢いました。大変お世話になっています」

裕子は古谷と握手をした。古谷は思っていた。やはりそうなのか。フォローはいらない。

俺には縁がないが、常にイカす女の存在や影がある。手入れされた黒髪を肩まで垂らしている、目はおおきくぱっちりとしている。眉は濃く切れ長であり典型的な美人タイプなのか。それにおおきい女、背の高さは俺くらいあるぜ。いったいどこの女なのか、胸もどーんとゆれている。乳もおおきいのだろう。その制服は○○都市銀行の制服じゃないか。美人でダイナマイトボディの女。大手銀行の女がフォローするのか。

あいつのことか、はよ帰ろう。待てよ。この女どこかで見たことがある。どこだったのか。たしかタウン情報の小冊子なんかで見た記憶がある。同行の宇和島海上保安部警備係長にきいた。係長からちいさな声で答えがあった。

「専門官、あの女はたしかミス松山ですよ。わたしもびっくりしていますよ。例のタウン誌で見たですよ」

「確かなのか。ミス松山っていうのは確かなのか？」

「美人の女は忘れられないから、たぶんまちがいはない」

げぇー……ミス松山なのか。ミス松山が仕事をほうりだして来て青木をフォローするのか。なんて奴なのだ。わかった、もういい、もういい。

「裕子さん調達物を車に入れてもいいかな」

「いいですよ」

青木は裕子のＳＵＶに物を入れた。

「なにを入れるのですか」

「デートの道具です。すこし重たいけど、この車体であれば大丈夫ですよ」

「ええ、少々の重い物でも大丈夫ですから」

愛車に重たい物を載せる。数日の間であるからがまんしてくれよ。成功すればすぐに引き払うよ。青木はつぶやいていた。

「古谷、状況は、こくこくとかわるおそれもある。県警や課長の目撃を再度収集しておいてくれ」

「百も承知や。五管区から来てもらっている。なんでも言ってくれ、最大の支援はする」

「今夜はとりあえず状況を整理して分析する」

「なにかわかればすぐに連絡を入れる……」

「頼む……」

古谷は同行の警備係長と一時宇和島に帰投した。車中で古谷は考えていた。同期である海上保安庁最強といわれる男を恵利子救出のために呼んだ。大規模な組織であれば無理はあるだろう。しかし、五～六十人程度の組織程度であれば強力な火器を用意すれば簡単に壊滅させる奴である。恵利子を救出するために最大の支援をしたい。事前の措置は講じたものの、これからも情報を取りこまないとあいつは動けない。その情報や行動パターンを鋭く分析する奴である。もちろんきこえるもの、匂うもの、見えるものすべての作用で鋭く分析する。どの程度の誘拐団であるのかわからんが、青木よ、北島恵利子は大洲の財産や、頼んだぜ。それにミス松山の山中裕子も同じように気を配ってやってくれ……心のなかでつぶやく古谷だった。

ふたりになった青木は裕子に話した。

「裕子さんいろいろ用事があるのじゃないのか？」

「それはあるわ。青春の最中ですから。でもね、おつきあいできることは用事をキャンセルできる十分説得力のある理由ですの。急に親戚ができましたって言えばＯＫなの」

そうか急に親戚ができたのか。すまない。なんの理由で有給を取ったのかわからないが、わがままを許せよ。埋めあわせは必ずする。

「いいのか……」

「もちろんよ。青木さんが松山に来ていてなにもしないことじゃ、わたしがすたります」

「そうか、ありがとう」

裕子は服装をじっと見ていた。いろいろ服装が違うのか。目的のある服なのだろうか。

「青木さん黄色と青の服、作業用のものですか、それが普段の制服ですか？」

「いや、これは救難服で海難事故のときにいろいろ危ない作業があるのでこのようになっているのですよ」

「そうですか。しかし、なにを着ても似あうのね。青いつなぎの作業服もすてきだったわよ。たぶんダブルの制服だったと記憶していますが、それは着ないのですか？」

「その制服はあまり着ないですね」

「そのダブルの制服であれば超すてきでしょうね」

「そうですか？」

裕子は青木の腕にからみご機嫌だった。

青木は、裕子を空港ロビー内二階のレストランに案内した。

「さあすこしエネルギーの元を補給しておきますか？」

「いまはいいですよ。コーヒーだけでいいですよ」

「裕子さん素晴らしいデートのつきあいを願いたいが？」

「今夜でしょ、ＯＫよ」

そうか今夜だけと考えているのか。やむをえないだろう。

「いや、今夜だけじゃない。数日になるかも知れない。ある作戦の補助をしてもらいたい」

ある作戦？　数日にわたるのね、今日一日じゃないの。ガーン……どうすればいい、どのように考えていいのだろう。

「すこし待ってください」

眼を見る限りとんでもないことをするようである。影の裕子がささやく……いいのか、彼との約束を破ることが数日に関わること。ひと月にわたるものでもない、数日である。仕事は特に忙しくなく、ひとりが休んでも支障はない。休むことより『ある作戦』が気になっていた。何事なのか。要求されることはなんなのか。ミスの期間は何事があってはならないことは十分に理解している。彼になんと言い訳できるのか。言い訳じゃない。大変な使命が持ちこまれていると説明するか。デートとはどのようなデートなんだろうか。忘れられない青木さん……恵利子さんも同じだろう。すこし恵利子さんに嫉妬があったのか。あまり考えないようにしていたが目の前の青木さんを見るたびに心が動揺する。恵利子さんに悪い……いや、そのようなことではない。ある作戦を遂行するために選ばれ、協力要請が来ているのだ。あの因島でのできごと。海上保安庁最強の男といわれる男なのだ。彼が知っても文句は言えないのと違うのか。逆にそのような男と時間を持ったことは幸せなことである。彼ならそう言ってくれることを信じていた。とんでもないできごとがふりかかる。いま、生身の裕子自身生きている証明がほしい。あの夏、海上保安庁最強といわれる男への思いである恵利子さんのような気持ちになっていた。

決心した。

「はい、わかりました。素晴らしいデートにつきあいます」

「そうか。ありがとう。じゃ、これに着替えてくれないか。それと作戦の行動に入れば一切ほかの人間とコンタクトを取らないことをお願いしたい」

「わかりました。一切コンタクトはしません」

レストランをでたふたりは空港前の駐車場にでた。空港前のシンボルモニュメントがあった。壺の串刺し、いや、組みあわせのものなのか。すこし気になりモニュメントの意義をミス松山にきいてみた。

「ああ、これですか。このモニュメントの意義ですか。これは愛媛の伝統と新しい歴史を象徴する記念碑なのですよ」

そうか、伝統と新しい歴史を象徴する記念碑なのか。さすがミスである。十分に県内のことを熟知している。ふたりは裕子の車に来た。上下の黒いコンバットスーツが入った袋を裕子に渡した。

「作戦用のスーツが入っている。これに着替えるか。車のなかで着替えるか？」

「はい」

作戦用のスーツ？　どのようなスーツだろう。裕子は袋にどのような服が入っているのか興味津々だった。車内に入り袋を開けた。全身黒い作業着である。ブーツも編みあげになっている。まるで作業員の姿である。いったいわたしはなにをすればいいのかわからなかった。会社の制服を整理してたたみ、袋に入れた。これでいいのかしら、まあ着替えたのだから見てもらえればいい。

青木は、コンバットスーツに着替えブーツも履いた裕子を見てたのもしかった。大がらな裕子にもピッタリフィットしている。この女が作戦行動のカーチェイスを大胆にやってくれるだろう。

「青木さん、これはなんの作業服ですか？」

「作業服、そうか作業服に見えるだろうなあ。これはコンバットスーツ。つまり戦闘服です」

「戦闘服ってそのアメリカの兵隊さんが着る服ですか？」

「はい、そのとおりです」

両手を両肩において服を摘む……心配顔になった裕子を見てすぐに訂正した。

「いや、運転テクニックに似あう服ですよ。裕子さんの運転用です」

運転用なのか、わたしの運転技術を知っているのかしら？　運転するだけでいいのかな。

「そうですか……運転のお手伝いですね」

「はい、そのとおり。運転でアシストしてほしいのですがどうです」

「いいですよ。運転ならまかしてください」

裕子の笑顔の快諾に安心した。

ふたりは午後七時、市内の一流ホテルのラウンジにいた。ホテルマンはけげんそうな顔つきをしていたがおかまいなしであった。

「青木さん、おかしな人たちって顔しているわよ」

ウインクしてこたえた。

「いいよ。われわれのペアルックに百パーセントの嫉妬もあるのでしょう」

サングラスをしたふたりは異様な感じがする。場所にあっていないのはわかりきったことであった。平和な松山にテロ鎮圧の特殊部隊が進出している。現在はふたりしか発見されていないとの噂が立つだろう。

裕子がはしゃぐ。

「どうしてわたしがこのような服を着るの、まるでわたしじゃない異様な気がするわ」

「この服は思い出をつくるのに最適の服なのですよ」

「これが思い出をつくる服なのですか？」

「裕子さん、いまから裕子さんはわたしと行動をともにする特殊部隊の一員ですよ」

「特殊部隊の一員ですか？　運転するだけで、ほかなにをすればいいの」

運転以外では洋画で見るようなけん銃や機関銃を撃つのかしら。まあそのようなことはない。わたしになにを求めているのだろうか。

「運転以外では、もしかしたら機関銃を撃つのですか。ないと思いますが……」

「機関銃ですか。撃ってみたいですか」

「いえ、いいです」

わたしが機関銃を撃つなんてとんでもないこと。んっ、でもどのような感じになるのかしら。いま、着ている服装を見てみた。芝居じゃない、女特殊部隊の一員なのか。中東の生活を除き、いままではごくごく平凡な生活でしかなかった。しかし、青木さんにいままでの生活自体をかえられるような気がした。どのような生活になるかわからないが、いままでにないような生活の一端があるのかも知れない。ごくごく普通に生きてきた。大過なくと言えるのか青春の一ページにミスに選出されたこともいい思い出になる。これでいいのか。まだまだ未知へのチャンスはあるのかも知れない。チャレンジしたい気持ちも芽生える。やがてお嫁に行って子供を産み、子育てや家事に翻弄されるのはわかっている。彼も関白でないように思える。自分のしたいことはさせてもらえる気がする。しかし、実際に機関銃を撃つなんてそのようなことはないと断言できる。一時の経験がおおきく左右されるのかも知れない。わたしはごくごく普通に生きていたいと思っていたが、ごくごく普通の生活だけでいいのか。出逢うことでとんでもない最高の時間がプレゼントされるのかも知れない。恵利子さんが言っていたように最高の時間、最高の事実が存在する最高の思い出になるのか。数日間にその機会があるのか。ここで決断すれば手に入るし経験できる。もう二度とない時間の誘いに乗るべきかと考えていても時間はどんどんすぎる。どうしようか……決めた。

「機会があれば撃たせてください。ほかにわたしが経験できないようなことも含めてやらせてください。青木さん、もうお願いの気持ちになります」

「そうですか。常に挑戦の気持ちですね。機会があればほかのことも含めてやらせてあげますよ」

本来の仕事である銀行のOL、そしてミス松山と影の特殊部隊の一員になる。裕子は最高の思い出を最強の男と過ごしたく思っていた。経験した事実を話せば彼も許してくれると信じていた。

「数日になるのもOKです。車も提供します。勝手な思いですが、素晴らしい思い出を裕子にください。お願いします」

「最高の思い出をプレゼントします。生涯忘れえないような衝撃的な思い出をつくりましょう」

裕子は小指を差しだした。

「約束よ」

「指きりの約束か。いいよ」

青木と裕子は指切りをした。小指がからんだときにぽっと紅くなる裕子だった。このような歳になりこのような最強の男と指切りをするなんて思ってもいなかった。約束はされた、最高の思い出になるのか。指に伝わる体温と感触を忘れない裕子だった。

「じゃ、作戦成功の乾杯を祈ろう」

「はい、わかりました」

「乾杯……乾杯」

会社と自宅に電話を入れた。

「山中裕子です。数日の間会社を休みます。海上保安庁最強といわれる男と数日行動をともにします。数日間のみです。日数はわかりません。わたしの決心です。心配しないでください。いま、わたしがかかえている仕事は○○○です」

鼓動が激しい。会社と家に連絡した。もう引き返せない。あとは青木さんの指示に従うだけである。

「今日はこれくらいにするか。午後から会社を休ましてすまなかった。明日から金土日だけど大丈夫かな？」

「ええ、いいですよ。心配しないで、大丈夫ですから」

「明日の朝、午前六時にこのホテルに来てほしい。いいかな？」

「わたしもここで泊まるわ。電話のあといろいろ考えたわ。そして作戦参加も決めました。思い出がほしいの。鮮烈な思い出が」

裕子の眼を見るに真剣である。あとには引けない。意を決したようで眼が輝いている。いいのか。

青木さんと一緒にここで泊まる。男と女が同宿することは男と女の関係になるのが自然だろう。しかし、そのようなことをけっしてしないだろう。わたしから求めても拒否するのはわかりきっていた。次元の低い男じゃない。もしそのような男だったら幻滅する。

シングルの部屋は青木にとっては狭いくらいである。それはしかたない。男と女がいるのに更衣室もない。あたり前なのか。古谷から受けた各データに目を通していた。明日は早いから早く休もうと考えた。コンバットスーツを着たままの裕子に声をかけた。

「わかった。裕子さん、先に風呂に入りなさい」

「はい」

裕子は指示に従った。なにもわからない。言われるままに行動するのがいいものと思っていた。しかし、ここはシングルルームである。

「青木さん、こちらを見てはだめですよ」

「はい、はい……」

まるで空返事のような興味のない返事である。

裕子は横でコンバットスーツを脱ぎハンガーにかける。続いてパンティストッキングを脱いだ。裕子はブラとショーツのままでハンガーにかけたコンバットスーツを見ていた。コンバットスーツっていうのか、この服は。たくさんのポケットがある。いろいろベルトもついている。洋画で見ることがあったが、実際これを着るものとは思ってもいなかった。このような服を着ただけでも経験のないことでひとつの思い出になるものと考えていた。裕子はバスルームに消えた。バスで湯に身を浮かせながら考えていた。これからどのようなことをすればいいのだろう。チョッピリ不安になる裕子だった。下着は、いま着ているものしかない。幸い生理の時期じゃない。今日は汗をかかずにいたからいいものの数日着ることになる。しかたないのか。かえられないし最初でもあり洗っておくことにした。浴衣に着替えてでたがノーパンである。浴衣の下になにもつけていない全裸である。

「青木さんお先に……」

「もうでたのか。十分に温まったのか？　風邪ひかないようにな」

「はい……」

「なんだ。うしろのものは」

「いいえ。いいのです」

「いいことはない。見せてごらん」

「すみません。下着を洗いました」

「なにもつけていないのか？」

目をそらしうつむいたまま裕子は言った。

「急なことで替えがありませんでしたので洗いました」

「そうか。すまなかった」

「いいの、気にしないでください。作戦の協力のことをきいたからもうしません」

「……」

裕子はこっくりうなずくだけであった。頬を紅くそめている裕子よ許せ。寄せて軽く抱いていた。男じゃないのだ女なのだ。常に身体を清潔に、また汚れのないきれいな下着をいつも身につけなければならないのに。

涙がすこし滲んでいる裕子だった。

「ありがとう……最高のメモリーにしてあげるよ。すこしの間辛抱してくれ」

「……」

手持ちの小物入れからセンニット（雑索）を取りだしてつなぎ、洗濯干しラインを窓枠から物掛けに取った。

「ここにかけておきなさい。下着泥棒はこないよ」

「はい、わかりました」

気を取りなおしたのか屈託のない笑顔でこたえる裕子だった。

「じゃ、わたしが風呂に入るよ。ベッドで先に休んでいなさい」

青木は明日からの段取りを考えながら身体を温めていた。まずは拉致された場所の確認と大洲の地形や交通網を確かめることか。情報の提供から分析は同時進行となる。恵利子の存在のあらゆる痕跡場所への移動は裕子がアシストをしてくれるだろう。しばらくは風呂とも無縁になる。十分に身体を洗い温めた。風呂からでると裕子はベッドに座っていた。

青木さんが風呂からでる。裕子はその素晴らしい身体を見たい気がしていた。因島で悪をやっつけたときに見たが、間近で見てみたかった。最強といわれる男の身体がどのようなものか。湯上がりの姿はメッシュの半そでと青いトランクスだった。しなやかな鋼の筋肉なのか。軽く身体を動かしている青木に裕子は言った。

「青木さん、その身体を見せてほしいのですが、いいですか？　ごめんなさい。悪趣味じゃないのですよ」

「身体ですか。このような身体はなんでもないですよ」

「いいえ、すごい身体をしているのでしょう」

裕子の要求である。特に拒否するものでもなかった。メッシュの半そでを取り去った。

「すごい、腕なんか」

目を見開いてびっくりしている。それにしてもおおきな身体ですごい筋肉をしている。いったいどこでトレーニングをしているのだろう。裕子はおそるおそる近づき指で胸を押さえたりして腕や胸の厚さを確かめていた。身体に触り、その感触に圧倒されていた。

「青木さん、ありがとう」

「もういいのか」

「はい、けっこうです。ありがとうございました」

「じゃ休むか。シングルで狭いがしっかり寝よう」

「……」

裕子はそばに入っていった。青木の太い腕に腕枕をしてもらい半身になりながら裕子は深い眠りについた。夜半に目が覚めた。横に眠っている顔……最強の男。ほんとうに穏やかな寝顔である。どうしてあのような闘志がでるのかとじっと見つめる裕子だった。それと思ったとおりの対応であった。やはりそうなのか。わたしを女と見ていないのか。浴衣がずれて胸のふくらみや股間に女の証明が見えても関係ないのか。いまはそのようなときでない。男も女もない目的にむかう同志になるのだろうか。そう考える裕子だった。

「ピピピピピピピ……」

二十九日午前六時、青木の腕時計の信号音が鳴る。明日から本格的な作戦開始であり気を引き締めた。室内でコンバットスーツに着替える。裕子も同様に着替えた。青木は裕子の豊満なバストや身体の線が目に入ってもなんら口にする気も欲望の視線もなかった。

化粧くらいはいいのかしら、裕子は洗顔したあとで持参しているすくない化粧道具で薄化粧をした。いまはそのようなことをする時期じゃない。すくなくともいままでの男とは違う。目的を持っている男の視線が女を撥ねつける。次元が違うことを痛切に感じた裕子だった。そろいのコンバットスーツに身を包んだふたりの隊員である。

朗らかな裕子の顔が引き締まる。

「さあ……スタンバイする。車に乗りこむぞ」

「はい」

松山から国道三百十七号線を通りしまなみ海道に入った。さすがきいていたとおりの裕子の運転テクニックである。恵利子が行方不明になった伯方島のマリンハウスはかたまで約一時間で到着した。

「裕子さんここで待っていてほしい。しばらく浜の様子を見てくるよ」

「はい、わかりました」

なるほど一般国道が近い、また山裾をしまなみ海道の有料道路が走っている。恵利子の乗った車は有料道路の出口からしかたなく誘導されるままになり国道まで追いだされていたことになるのか。海岸の国道、夜間は島民の車しか通らない。尾道から今治までしまなみ海道の有料道路をつかい一気に通り抜けるだろう。直感として尾道方面か、今治周辺もしくは恵利子の住む街大洲市周辺なのか。しまなみ海道にはいない。あの夏のころであればマリンハウスがあっても夜間は人の往来もすくないだろう。マリーナの桟橋も近い。誘拐するにはもってこいの場所だったのか。

「ここはなんにもない。裕子さん今度は今治方面の出口付近に行ってほしい」

「はい、分かりました」

有料道路から一般国道にでるまでの間に民家はない。目撃者は誰もいないのか。出口付近に黒い帯状のものを見た。タイヤ痕跡だろうと直感した。これがなにか端緒のあるものかも知れない。

「ちょっとここで止まってほしい」

「ＯＫ」

裕子はＩＣ出口付近、他の車に支障のない場所に車を停めた。

青木は、車からおりてわりとおおきなタイヤのブレーキ痕を発見した。そのブレーキ痕は幅が広く比較的新しいように思える。だいたい二十六センチから二十七センチになるのか。大型のＲＶが関与しているみたいだな。

「青木さん、なにをしているの」

「この付近の地形と国道の関係をちょっと調べたかった。有料道路と一般国道の間にはなにがあるのだろう」

その状況を実況見分調書のように頭に叩きこんだ。伯方島を離れ、まずは大洲市にむかった。裕子の運転はダイナミックだった。躊躇しないところが彼女の運転テクニックなのだろう。シフトタイミングとアクセルを踏むタイミング、坂道の加速判断等無駄のない走り、エンジンに負担をかけない。感心していた。大洲にゆく途中で車二台の暴走族にからまれたけど相手にしない裕子の運転テクニックだった。

午前十時ころ大洲市に入った。最初のパーキングに富士山を指定した。頂上にあるパーキングエリアにＳＵＶを停止させた。大洲の街が眼下に広がる。裕子は思っていた。そういえばここは大洲の街、ミス大洲の北島恵利子さんは、いまごろなにをしているのでしょう。建設企画事務所で勤務しているかしら。

「今日からここを拠点に作戦開始になる。情報が入れば、ほかに移動する。いいかな。それと、今日から寝食はこのＳＵＶでしたいが……」

「はい、わかりました。けっこうです」

恵利子はどこにいるのか。青木たちは一度市内に下りた。大洲市の地形や交通アクセスの地図を見ながらインプットする。国道の方位から太陽高度による影のでき具合を検証する。大洲市企画事務所付近と大洲市役所付近の他府県ナンバーの存在や不審車の割りだし駅前ターミナルの混雑と不審車と不審者の混在の判別を繰り返す。大洲城跡やおはなはん通りの観光客に見せかけたおそれのある不審者など、大洲市内をすべて観察した。市内を頻繁に走ることから不審者に思われているだろう。警察から職質を受ければコンバットマニアであると答えればいい。いまのところ市民から不審車と不審者の通報がないらしくてパトカーにすれ違わない。

一日かけて車で大洲市を検証し、概ね古谷からのデータの内容と合致するのを確認した。午後五時になった。市内の大型スーパーで食料を買いこむ。簡易弁当や飲料水等。青木たちは再び冨士山に登った。

「情報の連絡は常に携帯電話である。交代で休憩するがコール音には細心の注意を払ってほしいがいいかな」

「OKです。青木さん数日の間は風呂に入れないのですか？」

「数日風呂に入らなくても人間死にはしない。作戦行動中そのような時間はない」

お化粧はできるのかしら。でも、もういい、自分は特殊部隊の女になっているのだ。ふたりの作戦行動か、やむをえない。あきらめるしかない。すこしの化粧道具は持参しているけどつかえる機会はあるのか。素面を見せることになる。しかたのないことなのか。

「どのような情報が来るかも知れない。今日はとりあえずないと見た。さあ寝よう」

車内を整理して毛布を重ねた。

「おやすみなさい」

この毛布に海上保安庁最強といわれる男が寝ている。あの身体、あの闘志、あの鋭い眼光。目を閉じている。ごく普通の刈りあげの頭髪、長い睫毛と太い濃い眉、寝顔はほんとうにやさしい顔である。どうして目を覚ますと猛獣のように一変するのかしら。なんのために生きてなにを求めて生きているのかわからない。名前とそのおおきな身体、海上保安庁最強の男であることしかわからない。歳さえわからない。四十歳代であることは確かであろう。あの夏の日、恵利子さんとどうしてめぐり逢ったのか。たあいのない会話だけでなかったのだろう。恵利子さんを惹くなにかがあったのにまちがいはない。恵利子さんは素直な態度にでた。きっかけは簡単である。素直なことがとんでもないことに発展する。それが最高のめぐり逢いになるのか。すぎゆく時間のなかでのめぐり逢いのこわさと素晴らしさを考えている裕子だった。裕子はその男に軽く口づけをした。愛とか恋という表現でもなかった。ただ口づけをしたかった。悪戯かも知れない。口づけをすることによって気をまぎらわしたのかも知れない。恋人どうしの愛情表現とは違う。いったいなんだろうか。裕子もわからなくなっていた。くちびるを離したあと自分のくちびるを軽く押さえる裕子だった。視線は安らかに寝息を立てる顔をじっと見ていた。この男と数日をともにすることで、わたしをおおきくかえるできごとがおきるのか。裕子は不安と安心が交錯していた。

第八章

展開

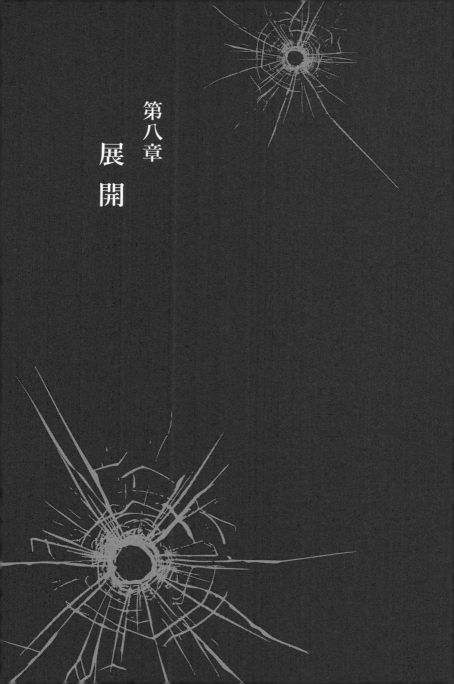

十月三十日の夜があける。昨夜からなにも情報はない。まつりに間にあわせるためにはすくなくとも十一月二日の午後十時ごろまでに救出しなければならない。市民は最高のミスを見たいだろうし、視点の定まらない、夜遊びした朝帰りのミスなんて見たくもないだろう。午前七時に目をこすりながら裕子が起きた。

「おはよう、青木さん」

「おはよう、体調はどうですか?」

「うん、大丈夫ですよ」

いままでの生活環境から大転換である。大丈夫なはずはない。昨夜からろくに寝つかれていないのはわかる。あえて言わない裕子だった。

「さあ、顔を洗いにいこうか」

「ええ、どこで?」

「この近くに最高の場所があるよ」

裕子の車を運転して大洲市内におりた。細い道であるが赤煉瓦館を通り越して肱川の河川敷に裕子を誘った。大洲市の名物なのだろう。目の前に店の名前を書いた鵜飼の屋形船数隻が見える。朝、爽やかな流れに裕子は両足を水につける。あっ……冷たい。でもさらさら流れる水であり、水の感触がよくて気持ちがいい。裕子の仕種を見ている青木は思っていた。裕子は肱川に身をまかせているようだった。新緑の夏であれば映える水着にナイスボディを包み、肱川と戯れる様子が脳裏を横切る。川面に浮かぶ白鳥の妖精の肢体なのかマッチした絵になる裕子だった。

「ほら、洗面セットだよ」

新しいタオルと歯ブラシや歯磨き粉を渡した。

「ありがとう。用意していなかったのでどうしようと思っていたの」

裕子はこのようなところでこのような朝を迎え、また清らかな川で顔を洗うなんて思ってもいなかった。いつもはきれいな洗面所で栓をまわせばいつでもお湯がでることに慣れている。便利のいい環境に浸り、あたり前の感覚である。しかし、このような洗顔はほんとうに新鮮に感じた。これも未体験のひとつであった。いつかなつかしくふり返る思い出になるのか。早速ひとつの収穫があった。頂上にもどり、キャンプセットの小物であるランプをだして湯を沸かしインスタントコーヒーをいれた。裕子は持参していたすくない化粧品で薄化粧をしていた。青木は車内にいる裕子を見ていた。やはり女なのだ。

「裕子さん、温かいコーヒーでも飲もうよ。いい天気の朝やで、最高においしい」

「青木さんがいれてくれるの、それはもうおいしいでしょうね。いただきます」

知らない街で、ある作戦のためにキャンプの生活をする事実。このようになってしまった。友人と行くレジャーキャンプは体験しているが。このような男ひとりと女のわたしひとりのキャンプ、これも初体験である。男と女という関係は皆無である。

しかし、ある作戦というがどのような作戦なのか気にかかっていた。青木さんは話をするときは普通の顔であるが、携帯で連絡を取っている顔は別人の顔になる。なにをしようとしているのか。興味もあるがアシストするわたしには教えてくれないのか。コーヒーを飲んでいる顔は実に穏やかである。

裕子は尋ねてみることにした。

「青木さん、わたしも一緒に行動するのですが、その作戦っていうのはどのような作戦ですか？　できれば教えていただきたいのですが、いいかしら？」

気になるのか。裕子を見た。一緒に行動するアシストする女である。ミス大洲北島恵利子が不明であるとは言えない。言わないほうがいいだろう。しかし、アシストする女である。概要だけでも知っていたほうがいいものと考える青木だった。

「裕子さん、この作戦は、あるものが行方不明になっている。そのあるものをさがしだして取り返す。それから行方不明になった原因を追求し、必要あればその原因の元を壊滅させることが今回の作戦になる。いいかな。ただあるものはなになのかいまは話せない。わかってほしい」

やはりそうなのか。あるものを取り返すのか。あるものとはいったいなんなのだろうか。きっと重要なものなのでしょう。まるで小説だわ。

「そうですか。わかりました。できるだけのアシストはさせてもらいます」

恵利子はどこにいるのか。県内、見知らぬ瀬戸内の島なのか。しまなみ海道の人知れぬ場所なのか。恵利子を狙う根拠はなんなのか。愛されるミス大洲の身の上になにかあるのか。普通の女ではいけないのか。なぜ、ミスなのか……ミスでなければならない理由はなにか。所在さえわかればそれなりの道具もそろっている。警察はいま、抗争事件で忙しい。手がまわらない。まったくまわらないとも考えないが。誘拐だから警察にとってはおいしい事件である。しかし、ミスが仏で帰ったんじゃどうにもならない。なぜ、ミスでなければならないのか。必要性はどうか、ミスがいなければならない理由はなにか。真剣に考えた。心理が動くものは、悪党が考えることはなにか。イベントをふと思った。裕子をアシストするにミスのイベントの開催状況を考えた。恵利子のイベント出席はあるのか。その日を狙い是非必要なものであれば引換えの金を要求してくるだろう。狙いはその必要とするイベントを利用してのことか。課長の言う純白無垢で、また人目につかずの意味がある。大洲はミスを必要とするおおきなイベントがあるのか。夏の日訪れていた街、小京都といわれる街で、恵利子を待つ大洲まつりがあるのか。そのイベントの状況はどの程度なのか。恵利子を筆頭にする企画があるのか。出席できないとそのダメージはあるのか。また、しまなみ海道マリンハウスはかた付近に残っていたタイヤ痕となにか繋がりはあるのか。宮本課長に電話確認をすることにした。けがの状況が気になったが、いまはまつりのことは考えないことにした。

「宮本さん十一月三日は大洲まつりときいているが、エコー二十七の出席の企画はなにかあるのですか？」

「エコー二十七は今回のまつりの目玉なのです。大洲城の再建計画の企画を市民に十分に理解してもらうためにエコー二十七をお姫様役にするつもりです。午前のパレードは普段のミスそのものの服装になるのですが、午後からの市民総パレードになるとエコー二十七はお姫様に扮して筆頭にパレードをします」

恵利子が絶対必要なことに乗じて誘拐したのか。

「国道に誘いこまれたときの状況を教えてほしいが？」

「青木さん、いまどこにいるのですか？」

「いま、富士山の頂上のパーキングにいます」

「いまからそのお話と頼まれているいる大洲市のいろいろなデータを持って行きますから」

「そうですか。それなら助かります」

「二十分程で行きます」

「ただし、変装してくること。サングラスにマスクをしてください。そしてわたし以外は絶対話さないことを約束してくれますか」

「はい、いいですが……」

宮本は変装することに、また青木以外に話さないことを強調したのはなぜか。すこし疑問を持ったが、従うことにしていた。夏に横から眺めた程度の青木でしか知らなかった。今度は直接青木に逢い恵利子救出要請についてきかれることだろう。なんでも話すことを考えていた。その男……青木を見るためにも行く決意でもあった。口が堅いと評判の運転手をつけていた。

伯方IC付近のマリンハウスなのか。自転車で今治に行ったときの記憶が脳裏をかすめた。国道から僅かな距離に海水浴場がある。小型船の船だまりがあり、ちいさなポンツーンがある。車で恵利子をおろしたあと小型船に乗り換えて逃走した可能性がある。目撃者はないのか。夜のビーチで遊興していた奴はいないのか。また付近で夜間操業をしていた漁師はないのか。尾道のイベント広場から伯方島まで車で約一時間かかる。その間で拉致の計画を再度練り直せば余裕のある時間になる。

なぜ、恵利子を狙ったのか。恵利子でなければならない理由はなにか。情報はない。陸上の情報をさがすのか。海上はどうだろう。以前に逢った岩城島の若い漁師、高木

を受けるこ…

を思いだしていた。海であれば縦横に操業する……漁船の操業形態により規制を受けることはあるが、規制のない漁業形態であれば沿岸に近いこともある。海からのルートであればなにか知っているかも知れない。操業場所で偶然恵利子拉致にでくわしていることもありえる。いま、操業中で海の上なのかわからないが携帯で電話を入れた。

「青木という者ですが、高木さんですか？」

高木は、ピンときた。二ヶ月前の青木であるだろう。

「青木さん、あの海上保安庁最強といわれる青木さんですか？」

「ああ……」

「あのときはすみませんでした」

「いや、もう古い話や。もういいぜ。それより高木さん自身や知りあいにお願いがあるのですが、どうかな」

「わたしにできることであればなんなりと言ってください」

「手短に言う。十月二十七日午後七時ごろに伯方島のマリンハウス付近で漁をしていたら、その海域や近い陸でなにかかわったことはなかったか教えてほしい。なんでもいい、見たことを話してくれればいいが」

「俺自身は因島周辺で漁をしていたと思うが、よく思いだしてみる」

「早急にまとめていてほしいのだが、要は若い女が乗った漁船か小型船がいなかったか。あるいは付近でトラブルのあるような女の声をきかなかったか？」

「ＯＫ、わかった。漁師仲間の連れにも話してみる」

「女が乗った漁船や小型船の情報でもいい」

あの海上保安庁最強の男といわれる男が俺に協力を求めてきた。最強の男からのお願いである。俺にとっては指示になることでもいい。あの男からであれば光栄なことではないか。そのことが最強の男のためになるなら最善を尽くすしかないだろう。めったにないことだろうと高木は喜んでいた。俺たち漁師仲間の次元じゃない。とんでもない男との関わりを持つことになる。とてつもないおおきなことに発展するような気がした。高木裕一はその日の記憶をたどり思いだしていた。また漁師仲間の連れ全員に情報の提供を求めていた。その日は漁港をでて因島の東側で一本釣りをしていた。伯方島の方面にはあまり行かない。マリンハウスはかたは知っていたが恋人とデートに行ったくらいである。女がからんでいるのか、最強といわれる男と女なのか。しかし、裕一の操業場所でそのようなことはなかった。裕一は連れの漁師仲間全員から電話で情報の提供を求めた。連れから連れというふうに広がればいいがと思っていた。そうすればなにか情報がでてくるかも知れない。

午前九時四十五分になろうとしていた。宮本課長が部下と一緒にやって来た。宮本の乗る車を裕子の車からすこし離れて停止させた。大変な目にあったのだろう、車からおりるのに苦労をしている。要求通りの変装をしている。裕子は宮本の顔を知っているだろう。三日続いていたイベントである。当然自己紹介をしておたがいに面識を持っている。あえて裕子が知ることもないだろう。

「初めまして、大三島で一度お目にかかっています。大洲市商工企画課長の宮本です」

「そうですか。青木治郎です」

宮本は思っていた。二ヶ月前と同じ身体である。素晴らしい身体をしている。それに男の俺でも嫉妬をまねくいい顔をしている。だから恵利子が一瞬のうちにその男に恋をしたのもわかるような気がした。

「今回は大変なお願いをしましまして、申し訳ありません」

「いえ、同期生古谷の要請ですから断るわけにはいきません」

「はい、恐縮です」

「全力を尽くします」

「それと相手から一億円を要求されています。場所の指定はいまのところありませんが、準備だけはしておくようにとの指示がありました」

「はい、古谷からきいて知っています」

「その用意はしておくべきものなんですか」

「いや、わたしにはわからん。それはお宅で判断しておいてくれたらいい」

「はい……」

　襲われた状況の記憶が残っていればなにかヒントがあるかも知れない。タイヤの痕跡となにか関係があるのかも知れない。

「襲われたときの状況を詳しく話してもらいたい。昨日、伯方島を見てきました。襲われた付近に二台分の黒いタイヤの痕跡がありましたが、それと関係するのかと思っている」

「たしか右から押しだすように三回ほどわたしたちの車にぶつけました。けん銃をだしていたのでもうこれは止まらないと撃たれると思い、運転手はさらに左に曲がり急ブレーキを踏んだように覚えています。相手の車も左に急に止まったようでした。そして車から四人ほどでてきました」

白紙をだしてタイヤの痕跡を図にしてみた。

「このようなタイヤの痕跡が残っていたのですが、このような車の動きでしたか？」

しばらく考えていた宮本だった。

「はっきりと言えないがたぶんそのような動きに見えました」

そうか、四本のタイヤの痕跡は百九十のサイズのタイヤで残りの二本の跡は二百六十のサイズのタイヤである。まちがいがなければ相手の車はＲＶのようである。車種を絞ればある程度情報提供が早くなる。

「それに色は覚えていないか。夜で、はっきりこの色であるとは言えないが？」

「恐怖にふるえていたので覚えていないが、赤みがかった色かも知れない」

「車種はどうですか？」

「あまり車に興味がないのでわからない。申し訳ない」

「いや、いいんですよ」

赤のRVなのか。いまはやりのSUVタイプなのか。

「いま、あそこに止めている車みたいですか？」

「たぶんそのような車であったような気がします」

これで大まかな車種は限定できる。

「青木さんお願いだ。早く恵利子を助けてほしい。連れ去られるときの恵利子の声が、絶叫する恵利子の声が頭に残っている」

「宮本さんその気持ちは十分わかるが、いまは、それよりあらゆる情報がほしい。わかってくれ」

「……」

「それにハンググライダーの手配はできている？」

「はい、夕方にはハンググライダーとパラグライダーのセットが市役所に持ちこまれることになっています」

「そうですか。それはありがたい。手配は大変だったでしょう」

「そのようなことは考えていませんでした。恵利子のためならなんでもします」

「大洲市のデータはでていますか？」

「いまはこれだけですが、さらに集めて整理します。風の状況は、問いあわせ中で部下が取りまとめています。できあがり次第部下に持参させます」

「ＯＫ」

宮本は袋に入っている分厚いデータを渡した。

「とりあえずこれでいいですよ。しばらくここにいます。同行の女性のことは見なかったことにしておいてください。どうしても宮本さんが来るなら、いまの格好で来てください」

「はい、わかりました」

「けがをしているのですから、あまり無理をしないように」

「ありがとうございます」

恵利子を娘のように見ている宮本課長なのか。歳かっこうからすれば同じような娘がいるのだろう。課長は部下と一緒にいったん富士山を下山し市役所に帰った。

使用車はＲＶ。ＳＵＶタイプの車か。色は赤もしくはそれに近い色なのか。ナンバーを覚えていないのはほんとうに残念である。

午後三時三十八分、携帯がコールする。高木裕一からの電話だった。情報内容は以下のとおりであった。因島の重井にいる若い漁師の話だけど、その日は漁を休み彼女と一緒にマリンハウスのビーチでデートをしていたらしい。日が暮れても帰らず一緒に遊んでいた。午後七時ごろまでビーチにいたらしい。午後七時ごろと思うが駐車場付近で女の叫ぶ声がきこえた。けん銃のような音も聞いている。そして、その女はポンツーンに連れてこられ小型船に乗せられた。なにか悪い奴らの予感がしたのであまり見なかったらしい。たしかマリンにあるポンツーンにつけられた小型船に乗せられていたように思うとのことであった。事件に巻きこまれるのをおそれてすぐに重井に帰ったとのことである。帰るときに見たがRVタイプの車できていた。気にしてなかったが、ついどこの奴らなのかと思いナンバーを見てしまった。ナンバーは神戸○○であったらしい。ありがたい、そのような情報でもいい。その男の周辺の不可解な事象がおこればすぐに連絡を入れるように指示した。情報提供者の保護も必要となる。組織の追従はしつこい。目撃者として消される恐れがある。青木は高木に情報提供者に問答無用で十日ほど大阪に行くようお願いした。手当は後日郵送することで話が完了した。ここのマリーナの管理者は係留していた小型船の所在や所有者がわからないだろうかと考えていた。

　すぐに古谷と宮本に連絡を取った。

「古谷か、エコー二十七は二十七日の午後七時ごろに伯方島のマリンハウスから連れ去られた様子がある。そのとき、関係する車の車種はＲＶタイプ。ナンバーは神戸○○らしい。すぐ今治保安部に連絡してマリンハウスはかたから出入りした小型船の動静情報を願いたい。それにＲＶのナンバーを早急にさがしだしてくれ」

「了解。小型船の件はすぐに今治に連絡する。ナンバーをできる限りの連れや知人に情報提供をしておく」

　チャーターだけであれば小型船の動静届をだしているだろう。脅迫でも受けていればないかも知れないが、やるべきことはやっておこう。宮本さんよ、身体が不自由であるが、極秘事項を保てる職員を動員して車の早期発見をしてほしい。それが俺を動かす最大の要因である……理解してくれよ。

　今治海上保安部の警備係長はすぐに反応した。先輩の宇和島海保、古谷からの依頼である。ちょうど高速二十メートルタイプが事件処理のために大三島の港に入港している。衝突事件の実況見分だけであり、船長と機関長は在船しているらしい。警備係長はすぐに指示したらしい。大三島の港からマリンハウスまで約七マイルなのか。僅か十五分で到着する。マリンハウスでの情報はすぐに取れた。マリンハウスでは当日の入出港予定が数隻あり、大部分は遊漁船タイプであり、ただ一隻の小型船は尾道からでて宇和島にむかう予定となっていた。小型船の番号から所有者を割りだして関与程度の情報を収集できる。所有者によるとレンタルされたもので船長やスタッフはわからないとのことである。宇和島では小型船を知りあいのマリーナに預ける契約であったらしい。

夕刻に要請していたハンググライダーとパラグライダーのセットとそれに大洲市周辺の風向や風速のデータが入った袋が届けられた。ハンググライダーとパラグライダーの部品をチェックした。スパー、キール、クロスバー、スイングライン、パラシュート、フロントコード、ブレークコード、ハーネス等。要目や性能データを確認した。翼面積は十三・五平方メートル、スパン十・二メートル、ノーズ角百三十二度、アスペクト比七対七。パイロット重量は百五キロまでＯＫである。最高速度は百キロメートルを越す。これくらいの性能であれば制御し特急の屋根に着地するのは可能であると考えていた。翼の材質はポリウレタンで鋭利な刃物であれば容易に破壊されるが、鈍器なようなものであれば簡単に破れない。翼の面積は重量に耐える、揚力は確実にとらえることができる。急降下の姿勢から風を正面に受けた場合はスピードと風にも左右されるが揚力とサーマルを受けて最高位千二百メートルは上昇するものと計算していた。制御し最高速度を考えた。降下角度にもよるが特急の速度である時速六十キロメートルは確実にでる。パラグライダーはタンデムを注文していたからＯＫだろう。パラグライダーの翼面積から恵利子を追加しても大丈夫なくらいに面積がある。週間天気予報のデータを熟読していた。天気は晴れで雲はすくない、概ね気圧配置は弱い西高東低の配置である。したがって妙見山の南麓はかなり熱を持っているだろう。サーマルも残っている。天気予報のデータは数日晴れで、沖縄から屋久島、さらに足摺岬沖合に高気圧が張り出し、東に進む予報がある。高気圧からの風は時計まわりに吹き出す。高気圧の後方では南東、南、南西の風が吹く計算になる。二千メートル級の四国山地の山麓に風が当たり、上昇気流となる。宇和島から大洲市の山麓は概ね千メートル以下である。上昇気流は減衰するだろうが、全くないとは考えにくい。快晴が続くことから、夜になってもサーマルは皆無かもしれないが、余熱のあまりでもあれば少しはあるだろう。妙見山の山麓を駆け上がる上昇気流の発生は容易だ。大洲付近の標高のたかい山を越えれば、広範囲に着地点が選択できる。適宜、古谷と調整して段取りの良い着陸ポイントを決めることができる。上昇気流がない場合は、線路沿いの田畑に安全に着地できるだろうと考えた。

小型船の入港地は宇和島らしい。ナンバーと車種はわかっている。その車の割りだしが早くなれば恵利子の糸口が見える。宇和島に入港しただけしかわからないのか。船名や色小型船の検査番号や特徴はないのか。その男を連れてきて確認させる方法はないのか。どの小型船なのか。宇和島のどこに入港し、どこに消えた恵利子よ。できるなら所在を教えてくれよ。船つき場はいくらでもある。目撃者はいないのか……晴天の暗夜夜釣りで賑わうのに誰も不審に思わないのか。恵利子を運んだ奴がいるのか。この港になかに。古谷は協力者や魚釣りの知人に連絡を入れ車の発見に奔走した。また商工企画課長宮本にも連絡を入れ、部下をつかうなどして車の早期発見を要請した。大洲から宇和島まで距離はあるものの恵利子所在の端緒をつかむことが先決である。恵利子はどこにいるのか、その車はどこにあるのか。市内をくまなくさがすが発見にいたらない。無理な話であるのだろうか。恵利子救出のために五区から青木が来ているというのに。繁華街の片隅にアジトを持っているのか。山間のみかん山にあるのか。宇和島に内通する協力者がいるのか……農家や漁師の仲間が。あるいは街の有力者の影があるのか。市内のマリーナに赴き伯方島から入港している小型船の所在をくまなくさがしていた。多数の小型船がある……数隻から数十隻の保管能力を有しているマリーナもある。そのような小型船の所在は現在までつかめない。あせる古谷だった。自分の仕事もあるが早急にかたづけなければならないものでもない。いつのまにか宇和島市を離れ津島町まで来てしまった。岩松の入り江で車をおりた。宇和島周辺の入りこんだ海岸沿いなのか、みかん山の山間にいるのか。

今日の情報を整理していた。大洲市の概要と交通アクセスの概要。風の情報はまだない。タイヤの痕跡と一致することから恵利子を誘拐した車はＲＶでありナンバーと色を確認できた。恵利子を奪い小型船で宇和島に連れていっている。宇和島周辺にアジトを持っていることも推測できる。あとは車の発見と恵利子の所在確認である。午後八時に裕子と一緒におそい食事をした。スーパーでの店屋物であった。文句を言わない裕子であった。いつ情報が入るかも知れないふたりは早めに眠ることにした。夜間、青木の携帯はコールしなかった。

三十一日の朝陽が昇る。午前七時に起きたふたりだった。昨日と同じように肱川におりて顔を洗うふたり。朝食を摂る時間は容赦なく経つ。情報の手がかりはある程度わかった。あとはいかに早く新たな情報が入るか。すみやかに動いていてくれるか古谷は、宮本は……。

「裕子さん、今日はなにかおおきな情報が入るかも知れない。裕子さんに活躍してもらうかも知れない」

「はい、わかっています」

ふたりは富士山頂に戻り、パラグライダーのセットを広げ付帯品を確認していた。小型計器類トーイングロープの強度等に異状はないか。スクールが調達していたのか十分な品ぞろえであった。

三十一日午後三時五十分。携帯が古谷を呼ぶ。携帯がコールしている。誰かの、ほしい情報であってほしい。

「古谷さんですか？」

「はい、古谷ですが」

「あの、北村ですが」

「おお、北村さんか」

古谷は、明浜町の山間に住むみかん農家の息子、北村行雄と親しかった。以前魚を釣りに行くことで情報や安全な釣り方を指導したことがあった。車の情報提供を仲間を含め呼びかけると気前よく快諾してくれた。

「なにかいい情報でもありましたか？」

「頼まれていたナンバーの車は狩浜の農免道路をみかん山の上のほうに走っていきましたよ。まちがいはないですよ」

「そうか。ありがとう」

「それで車種と色は？」

「ＲＶで色は人気のワインカラーですよ。派手な色やなあとすぐに思い出したのです」

「その農免道路の上になにかありますか。たとえば収穫したみかんを入れる倉庫とか」

「たしか廃業したみかん農家の家や倉庫やら選果場がいくらでもありますよ」

「その倉庫や選果場はすぐにわかりますか？」

「みかんの段々畑や取り合い道路の間隔があるのでよくわかりますよ」

「すぐに行きますから。よろしいですか」

「ええ、けっこうですよ」

「いま、どこにいますか？」

「えーと。いまは国道三百七十八号の狩浜ＪＡ事務所の駐車場にいます。車は白のレニーです」

「わかりました。すぐに行くから、すこし待っていただけますか？」

「はい」

古谷は、車に乗りこむとＵターンして真っ直ぐに引き返した。峠の松尾トンネルでは時速百二十キロメートルでていただろう。奴らのアジトがわかったのか。みかん農家の廃屋、そこに恵利子はいるのか。恵利子よ、必ずいてほしい。北村さん、礼を言うぜ。

古谷は津島町で警備係長と情報収集にあたっていたが、僅か六十分程度でＪＡ事務所に来た。白いレニーが待っている。

「古谷さんこっち……」

手をふって所在をアピールする北村であった。

「北村さん、その車にまちがいはないですね？」

「あの車は絶対まちがいないですよ。その場所にまず行きましょう」

北村の車に双眼鏡やらカメラを積み替え同乗した古谷だった。国道三百七十八号線を狩浜地区の西にむかう。このままいけばみかん山に入る。みかん山のどのあたりなのだろうか。付近はみかん山ばかりである。

しばらく走ると農免道路の対向車退避用の広い場所がでてきた。北村はここで車を止めた。

収穫時期なのか農家の数人がみかんを取り入れた袋やら箱を移動させていた。対向する車みかんを満載した軽トラックも数台あった。

「古谷さんここですよ。その車が登っていったのは」

この上のみかん山に奴らが潜伏するアジトがあるのか、見張りは必ずいるだろう。家屋から直視できないようにみかん畑を潜みながら登っていった。

「そうか。じゃあすこし歩いて登ってみよう」

ふたりで登るみかん山のだんだん畑。みかんの枝を避けて歩くが草で足元がゆるみ滑りそうになる。

「古谷さんもうすぐ見えますよ」

「そこからこちらは見えないのかな。どうだろうか」

「陰に隠れればたぶん見えないと思う。しかし、見張りがいるかも知れない」

首をすくめて双眼鏡を取りだして古谷はそっと盛りあがる土手に身を伏せた。ゆっくり身体を起こし前方を見た。みかん農家のくたびれた廃屋らしい倉庫やら選果場が、それにすこし広い駐車場があるのか。車が四台止まっている。ナンバーや車種、色を確認した。神戸◯◯ワインカラーのＲＶ。あったあ……容疑の車があった。まちがいはない。見つけたぞ……ついに見つけた。これで恵利子は無事に救出される。

午後五時三十四分を時計は示していた。すぐに古谷は青木に電話を入れた。

「青木か、古谷だ」

「なにか情報があるのか」

「いま、情報が入って確認したぜ。容疑ナンバーの車は宇和島市から離れた明浜町のみかん山にある廃屋に止めている。車種はＲＶで色はワインカラーだ」

「そうか、確認もしたのか。確かか」

「ああ、いま、俺の目の前にあるぜ」

車種は不確実であるが、色の目撃情報と車の情報であったＲＶタイプである。情報が合致してくる。恵利子が拉致された車にまちがいはないだろう。

「その車は恵利子を拉致した大型車にまちがいはないだろう。廃屋の様子はどうだ？」

「二階建ての母屋兼作業場風と、すぐ隣に選果場らしい建物がある。それに男がひとり常に外の見張りをしている。不審な奴って顔に書いているようだぜ」

「ＲＶ以外に車はあるか？」

「白のセダン、たぶんミカローラみたいや。濃紺のミホーバンの三台やな。それにナンバーなしの軽トラがある」

「そこの付近、人通りはどうか？」

「みかん収穫作業の最中でけっこうみかん農家の人は通る」

「夜はわからんか？」

「夜はすくないと思うが、取り入れの最中で多少あるかも知れない」

「そうか」

夜でも人通りがあるのか。夜の急襲はどうか、みかんの作業車が多く走るのか。

「エコー二十七の所在を確認する方法はないのか。外にでるとか」

「ばかな。外にはでないだろう」

「愚問だった。すまん」

「人通りがなくなるまでしばらく監視する。いや、今夜はずっと監視するぜ」

「それで頼む。それと付近の道はどうだ……」

「農免道路が縦横に走っているぜ。けっこう高いところまでのびている。みかんのための道路やからなあ」

「廃屋の付近はどうな」

「農免道路の分岐点から左に迂回してさらに分岐している。分岐した道からはその廃屋で行き止まりになっているようだ。廃屋の上側に分岐した登りの道が一本ある。高さは約三十メートルかな」

「そうか農免道路の広さは」

「収穫用の作業用なのでけっこう広い。一車線の国道なみじゃないかな。道から侵入するのか」

「それも検討事項やなあ。エコー二十七の所在を確認してからの話だけど」

「そうやな」

恵利子がいるとし、下の見張りを無視して上の道から救出する。恵利子に三十メートルを登らせるには無理があるか。見張りを始末し正面から隠密に侵入しひとりひとりをかたづけて恵利子のところまで行く方法にするか。救出後、近い距離で裕子を待たせ逃走するか。裕子の運転テクニックで坂道を縦横に走る農免道路カーチェイスは可能か。傾斜の激しい場所に設置されている。無理はやめるか、裕子もミス松山の看板を背負っている。ひとり密かにアジトに接近し急襲することがセオリーか。しかし、間取りはわからない。時間がかかるかも知れない。かかるとすれば恵利子に危害がおよぶかも知れない。所在の確認が先決であるものとして考えておくか。さらに、もし恵利子がいたとして恵利子を救出したあとを考えていた。二度と手出しさせないように悪党どもを一度で壊滅させる方法はなにか、身体をつかわなくてもいい方法はガソリン満載のローリーに火をつけてプレゼントするのが紳士的なもてなしだろう。古谷は、ガソリン満載のローリーを調達できるか。

人通りがすくなくなれば確認に行くとするか。宇和島まで約四十分で行けるだろう。裕子の運転であれば時間縮小可能なことも考えられる。もし、いたとすれば移動の可能性はどうか。十人すべて移動とは考えられない。身代金の授受を考えれば数人での恵利子を同行させる移動もありえるだろう。

移動時の手薄な時期を狙うのはどうか。どのような手段が効果的な救出になるのか。慌てることはない、恵利子の所在確認が先手である。

「しばらく様子を見てみる。なにか動きがあれば速報するよ」

「了解」

あとは恵利子がいるかどうかか。夜半に廃屋の調査にでむくか。見張りを簡単に始末はできよう。しかし、廃屋の間取りがわからない。手間をかけることになる。恵利子をすんなり見つけ救出できるか。確認したらひとりずつ始末して痕跡を残さないようにする。次にでてくる見張りを同じようにする。しかし、人数が問題である。廃屋調査をまずするべきか。午後八時に出発すれば一時間でつくだろう。

青木と裕子は車内で待機していた。午後六時五十五分、古谷からの情報が入った。

「男ふたり連れが車ででた。ミホーバンである。ナンバーは愛媛○○や。しばらく追跡する。こちらの動きを察知した陽動作戦じゃないかと思うので係長に監視させる」

「了解、気をつけてくれ」

男ふたり連れなのか、なんの目的でそこをでて目的地はどこになるのか。捕まえて恵利子の所在について口を割らせて、これからの予定をゲロさせるか。それが妥当だろうと考えた。恵利子の所在確認をするチャンスが来たのか。この車を急襲して全貌をしゃべらせることにするのが手順になる。急襲の方法はどうするか。裕子の車で故意にぶつけ停車させるか。相手はふたりである。武器は当然持っているだろう。裕子を危険な目にあわせたくない。まして愛車が壊れることはだめだろう。悲しむ裕子の顔がよぎる。裕子の車を平行させて相手の車に乗り移るか。それくらいのテクニックは持ちあわせていることだろう。その方法が妥当な線になるのか。

午後七時、日没はすぎている。あたりはすでに暗闇の世界である。午後七時十五分、古谷から着信が入る。

「奴らは明浜を抜けて北にむかう。たぶん松山か、松山からしまなみ海道を抜けて広島に渡るかだな。目的はわからんが」

「了解」

「大洲から追跡するから大洲まで監視追跡してくれるか」

「わかっている、なんでも遠慮せんとやらしてもらうぜ」

「ありがとう」

「エコー二十七のためや」

「エコー二十七に逢うか」

「そうやな、最後くらいしっかり逢わせてくれよ」

「了解、無事に救出したらな」

「答えはきかなくてもわかっているからな」

あいつに不可能はない。任務成功としか報告できない奴や。恵利子が廃屋アジトにいれば無傷で救出される。失敗はない。あとは時間の問題だけになる。まつりには間にあうだろう。いや、まつりには参加できる。そう確信した古谷だった。古谷は、男たちの車と間隔を開けて追跡していた。ときどき、間にほかの車を割りこませる。そしていつのまにか直後で追従している。気づかれないように追跡する。テクニックは彼の本領でもある。長いこと警備畑を歩いてきている複雑な南予の海岸沿いの三百七十八号線はその追跡講習にもってこいの道路状況である。ここで修行を積んだ古谷である。追跡検定一級の取得者でもある。

あまり話さない、裕子はなにを考えているのだろうか。俺の電話の応対を見て気をつかわせないようにしているのだろうか。裕子なりの考え方があるのだろうけど、裕子の真価を発揮するときが来た。

「裕子さんの真価を発揮するときが来たよ。お願いできるかな。車の追跡やけど」

「追跡。わかりました。カーチェイスならおまかせください」

「そうか、じゃお願いします」

颯爽と愛車SUVに乗りこむ裕子。ドライバーグローブをはめている……気合が入っている証拠である。

「裕子さん国道五十六号線を松山むけに走り、大洲駅をすぎたころ左手におおきなビデオレンタルショップがあります。そこのパーキングで追跡する車を待ちましょう。追跡する車の情報は古谷からときどき来ますから」

「はい、了解です」

ミホーは三百七十八号を東に向かい、案の定五十六号線に入れる。国道二桁である、それなりの道である。大洲まで約三十キロメートルである。青木に電話を入れる古谷。

「青木、奴らは国道五十六に入った。このスピードだと三十分程度で大洲に入る」

「あと三十分か。わかった。特にかわった様子はないか」

「ふたりでのんきに走っているのだろう」

「ときどき電話で話しているような影が見える」

「どこにかけているのだろうか。たぶんエコー二十七の扱いだろうなあ」

青木と裕子はビデオレンタルショップのパーキングで待機していた。ぴったり追従する古谷の車に気づかないのか相変わらず普通の運転をしている。なにか行き先で楽しいことがあるのか。まもなく宇和町と大洲市の境に入る。左右の小カーブをくだり進めば大洲市に入る。携帯を入れる。

「まもなく大洲に入る。現在地は大洲南インター入り口手前二キロメートル。一般国道の大洲道路に入るか市内の五十六号線に入るかである。多分、地元連中じゃないから五十六になるだろう」

「OK分かった。かなり近づいたな」

「そちらの現在地はどこか」

「こちらは大洲駅をすぎ、しばらくするとおおきなビデオレンタルショップがある。そこの駐車場にいる」

「了解、分岐の監視をする。わかればすぐに連絡する」

「了解」

まもなく、ミホーバンの動きが判明する。

「青木、やつらは案の定五十六に入った」

「やはりそうか。了解や」

いよいよばかなふたり連れが来たか。

「裕子……カーチェイスを頼む」

「ＯＫわかっているわよ。まかしておいてください」

黒のコンバットスーツがよく似あっているぜ。おおきな女豹に見える。その心意気でやってくれよ。

「奴らは市内の五十六に入った。電話はこのままにしておく」

「了解、まもなく市内に入るだろう。追跡ありがとう」

「しばらく追従する。入りやすいように間隔を開ける。いったん青木らを越してしまう。それから交代しようぜ。いいか」

「了解、サンドイッチにするのか。すぐに五十六か三百七十八かどちらかになるだろう。どちらでもいいが、一度前にでたい。人相やふたりの様子を伺う」

「了解」

「まもなくレンタルショップの前になる」

「了解」

「さあ裕子さんスタンバイや」

「了解」

路肩にでて後方を注視していた。白いバンが見える、ナイトスコープで確認した。車種とナンバーが一致した。

「裕子さん、すぐうしろのヘッドライトの間隔が空いている前の車がその車や」

「はい」

白のミホーバンが目の前を通過した。路肩から本線に飛びだした裕子のＳＵＶだった。

「裕子さん、いまの車を追跡してくれ」

「いまの車ね。ミホーバンだわ。白色のカーナンバー愛媛○○しっかり覚えたわ」

「車種にまちがいはないか」

「まちがいはないわ。よく知っている。友達がよくサーフィンにつかっているからね」

さすが車好きである。当然その車種は知っていた。ふたりが乗っているのは確かだろうか、プロか素人なのかはわからない。しかし、いまそのようなことを考えている場合ではない。接近して車に移乗し口を割らせることになるだろう。有無を言わさず強引に口を割らせるしかない。

古谷から連絡があった。追い抜き再度確認するとのことだった。あやふやな情報の錯綜をさけるためにするのである。すこし直線になった国道で一気に抜き去った濃紺のバンがあった。古谷なのか。連絡によるとアジトをでた男にまちがいはないということが判明した。いったん大洲から離脱して廃屋を継続監視とすることで了解した。

運転はわりと荒い。暴走族あがりなのかよく道を知っている男なのか。ミホーバンは大洲市から愛媛県道二十四号に入る。長浜まで追従する。そして、夕やけこやけラインの国道三百七十八号線に入る。

「接近して追い抜きをかけられるか？」

「のろのろのバン……おやすい御用ですよ」

「追い抜くときにその車の屋根に乗り移るよ。横になったらすこし並んで走ってほしい。そのバンに乗り移る時間は一～二秒でいい。一～二秒したらそのまま追い抜け。そしてぶっ飛ばせ、うしろが見えなくなればどこかに停車していていい。通りすぎればまた追跡をしていてほしい」

「ええ、車に乗り移るの？　屋根にですか」

「ああ、屋根に乗り移る」

「一～二秒で大丈夫なのですか」

「一～二秒であれば十分ですから」

ルーフに荷物積載用のアングルがあるのを見ていた。ちょうど都合がいい、しっかり身を確保できる。走っている車に乗り移るの。音がしてすぐに気づかれるのに、なんでもできるのね。カーブでふり落とされないかしら。最強の男にそのような失敗は許されないのだろうか。サーカスみたいなことをするのはあたり前のことなのだ。でも運転する自分がこわい気がする。これではいけない。裕子は自分自身に喝を入れた。最善の努力をしてミホーに乗り移りやすいように走らせなければならない。相手の車とのタイミングがポイントになる。また対向車の状況や、もしあってもすれ違う時間を計算できれば可能である。対向車もつるんでいるように走っていない。幸いおおきなカーブはいまのところない。この道は前に持っていたミカローラでよく走った道である。串駅をすぎればおおきなカーブはない。ゆるやかなS字カーブと直線が交互にくる。たぶん直線になるころだわ。裕子は移りやすいように直線の道を想定していた。ナビを参考にすれば、串駅付近手前約一キロメートルがチャンスになる。

青木は、海図から海岸線を思いだしていた。国道三百七十八号線におおきなカーブはない。まもなく乗り移るのに適した国道の状況になるものと感じていた。

「裕子さんタバコはいいかい」

「はい、いいですよ」

外国たばこを取りだして火をつけた。深く吸いこむ。ニコチンとタールが全身の筋肉を覚醒させる。決行のときが来たのを悟った青木はタバコを携帯用の灰皿に消しておおきく深呼吸をした。

「青木さんもうすぐ直線の道路になるわ。移りやすいと思う」

「そうか。ありがとう」

「青木さん。いい？」

「ＯＫいいよ」

前方約六十メートルをのろのろ走るミホーである。

裕子はアクセルを強く踏んだ。回転計が見る間にあがる。ミホーにはあっという間に近づく屋根に荷物積載用のアングルがある。サンルーフを静かに開けた。身を乗りだし上半身がでた。赤いテールライトが近づく、箱が近づくようなものである。十メートル、七メートル、五メートル。身体をルーフにだした。うしろのルーフ枠に脚をかける。二メートル、一メートル。相対速力はゼロになった。並んだ間隔は一・〇メートルである。構えた脚を蹴りだした。ミホーのルーフに乗り移った。すぐにけん銃を抜きだして助手席の上のルーフにむかう。おおきな衝撃に車内の男は感づいているだろう。何事かと確認のためか助手席のウインドウから身体を乗りだしてきた。ばかたれ、けん銃をだして撃とうとするのか。身を乗りだした男の右手に握られたけん銃はオートだった。至近距離で、手でもぎ取れる近さであるが、なまぬるいことはしない。けん銃を、相手のけん銃にむけ撃ちこんだ。けん銃の機構部に命中する。男のけん銃が、はじき飛ばされた。フリーになった右手の甲にさらに一発撃ちこんだ。

「うぎゃー」

そのまま助手席のウインドウから車内に強引に乗りこんでいった。撃たれた男は脚で横に蹴りこまれる。運転手に身体があたり運転が不能になる。止まればいいのに無理に走ろうとする。車の動揺を立て直そうと運転手は両手をハンドルにつけて正面を見る。運転者は反撃できない。男の身体を踏みつけ、うしろの座席に入りこんだ。

「おい、運転手走りながらでいい。止まるな……女はどこにいる。話せよ、話さないと銃弾が頭を撃ち抜くぜ」

「やかましい、知るか」

運転手が怒鳴る。助手席の男が手を押さえながら馴染まない日本語で叫んだ。

「いけんないよ。しゃべったらいけんないあるよ」

どこの方言だ、ばかたれが。日本語はスムースに話せよ。

「いかんのか。運転手しゃべったらあかんとなるとこうなるぜ。よく見ておけ」

青木の握るけん銃の銃口は助手席の男の眉間にあてられていた。

「いいか。運転手、俺は殺人大学殺人学部殺戮科木っ端微塵コースを優秀な成績で卒業している」

「それがどうした」

銃口をあてられた男は、撃たれている右手をかばうこともしなく悲壮な形相にかわっていた。眉間におおきなしわを寄せ目はおおきく見開いている。おおきな声で叫んでいた。運転手はわりと平静である。場数を踏んでいるつわものなのか。

「うわー、やめんなさい。やめんなさい」

「話がいやなら地獄へ行ってもらうぜ」

男の顔が引き攣っていた。無表情に引き金を引いた。車内に響くにぶい音だった。

助手席の男は頭から血を吹きながらスローモーションのように前にくずれた。頭や上半身がピクピクと動いていたがやがて動かなくなった。硝煙が漂う車内、血のりや脳しょうが男の頭髪を汚している。血の臭いと硝煙の臭いが複雑に交錯する。

運転手は思っていた。本人の言うとおり殺しのプロなのか、警察くずれのとんでもない奴なのか。殺人殺戮は容赦しないのか。ひとりの中国人仲間がやられた……あとどうすればいいんだ。

運転手の後頭部にけん銃の銃口をあてた。

「早く話さないとお前もあの仏と同じようになるぜ。すぐに地獄行きの特急列車が来るぜ」

「うるせえ、話したらどうする。話しても同じになるのだろう」

「俺は紳士やで。事実を話せば無罪放免の即決裁判にしてやるぜ」

「ほんとうか」

「ああ、ほんとうだとも。しばらくは生きられるだろう。車と一緒に無罪になる。そして俺もいなくなる」

そのようなことはない。話せば俺もけん銃の餌食になる。死ぬことだけが待っている。んっ、あっさりやっつける男やいうことは信用できるのかも知れない。どうせ死ぬのやここで話してもどうでもいいや。

「わかった。話すから無罪にしてくれ。女は明浜町のかり何とかのみかん山にいる。詳しい場所はさっきも言った明浜町のかり何とかの山間の廃屋になる。農免道路の下の廃屋があるところだろう。詳しい場所は知らない」

「ガセねたじゃないだろうなあ」

「俺も殺すつもりだろう。嘘なんか言わないよ。言ったところでどうにもならん」

「そうか。これからの予定はどうなっている」

「ボスのチン・シュウ・ミンが女を連れてこいと言っている。理由はわからん。身代金のことも知らない」

「理由がわからんってなんや。そんな程度か」

「女好きなのはわかっているが」

「女好きだったら女を手ごめにするつもりやろ」

「ああ、たぶんな」

「それだけか」

「さあ、あとは知らんぜ」

「チン・シュウ・ミンはどこにいる」

「ボスは広島のアジトにいる。アジトまで女を連れていくことになる」

ボスが連れてこいとのことか。そのようなことはない、ほかに理由があるのだろう。もしそうだとすれば単なるボンクラ誘拐者なのか、儲けるビジネスじゃないのか。女をレイプしたあとなのか。高く売る商品を汚すとは、これはプロフェッショナルの誘拐者じゃない。隙だらけになるだろう。

「連れていく方法はどうだ？」

「明日十一月一日、宇和島発午後七時五十三分の特急宇和海で松山に行く。そしてマリーナから高速の小型船で広島に行くことになっている」

「なぜ、特急で行くんだ。車じゃねえのか？」

「知らねえよ。県警は抗争事件で国道は検問がなんだかんだと言っていたぜ」

「抗争のあおりなのか」

「さあ、俺は知らんよ」

あえてＪＲを利用する意図はなにかあるのだろうか。女を人目にさらすものではないのか。容姿をカモフラージュすることでくぐり抜けることを考えるのか。恵利子が暴れれば殺すことを先に示し、脅かしていることも考えられる。

「よくわからないが、ＪＲを利用するって言ってんだよ」

「そうか、まちがいはないのか」

意図はよく理解できないが、まあいいだろう。

「いまから車と相棒のトラブルで到着が明日夜になると電話を入れておけ。妙な真似をしたら無罪の裁判は取消になる。そしてその頭におおきな鉛の穴があくぜ」

男はしぶしぶアジトに電話を入れていた。

「寒くなる夜の便なのでよく覚えていた」

「廃屋のアジトになん人いる？」

「七、八人はいるだろう」

「七、八人もいるのか。それで女を連れだす男はなん人になる」

「女を連れだす男の数は四人だろう」

「殺しのプロはなん人いる」

「よくわからんが、見た感じじゃ一人やな」

「まる腰じゃないだろう。脅しの武器はなんだ」

「連れていく脅しの武器はけん銃じゃ。全員持っている」

「けん銃はどのような代物なのか」

「古い中国のけん銃だよ。いまいちな感じのするオートみたいだ」

青木は運転手を監視しつつ、すぐに古谷の携帯に廃屋の変化事象の有無と恵利子が
その廃屋に所在することを連絡した。

「これでいい。ありがとう。仕事がしやすくなった」

「そうかい。そして俺を一発で仕留めるのだろう」

「よくわかっているじゃないか」

「やはりそうなのか」

「車を止めろ」

男は自棄ぎみに車を止めた。いつのまにか追従していた裕子がミホーのうしろに車を停車させた。

「いいか。誰にもいまあったことをしゃべるな。転がっている仏に毛布でも被せておけよ」

「いいが、いつ銃を俺にむけるのや」

「約束しただろう。早く行けよ。俺はおりる。無罪放免や。さあ行け」

「ほんとうなのか」

「ああ、ほんとうだとも」

「そうかありがたい」

「ひとつだけ覚えておいてほしい」

「なんだ」

「俺は海上保安庁最強の男と呼ばれている。ボスに天国から電話するように」

「ああ？」

青木はミホーバンからおりた。男は疑問の視線をむけていたが走り去った。男はこれ幸いと思い車のスピードをあげて疾走した。

事実の確認はできないが、よく話してくれたと評価すべきか。組織犯罪を平気でやらかす犯罪組織の構成員。抗争の相手やまともに生きている市民を断りなく虫けらのように殺す犯罪組織の構成員。裏切り、うそ八百、でたらめ八百常套手段の専売特許だろう。生きてのこのこ組織に帰ればリンチが待っている。悪く思うなよ、お前らと同じような専売特許を持つ冷酷非情な人間に出逢ったと思ってくれ。南無阿弥陀仏と心で念じた。

裕子さん、中東でもいろいろな惨劇が目の前であったでしょう。どちらが悪いか良いの判断に迷うが、今回は犯罪組織の壊滅です。とんでもなく悪い奴らの行く末を見届けてほしい、と青木は思っていた。

国道三百七十八号線。ゆっくりした曲がりが続き、ところどころゆるい坂道になっている国道でもある。裕子の車から百五十メートル先の道が直線になる。そしてゆるい坂道と続く。対戦車ロケットランチャーを取りだし、無表情で砲弾を装填する。運転席からうしろを見ていた裕子は一瞬ぞっとした。凍りつきそうな冷たい視線、眼光である無表情がこわい。これが青木さんのほんとうの姿なのかしら。獲物を襲う前の闘争本能むきだしの視線なのだろうか。

走り去った車の赤いテールランプが残像を残してちいさくなる。サンルーフを開けてゆっくり身を乗りだす。おおきな手がその砲本体を握っている。砲が車内から消え、ランチャー弾頭が装填された。対戦車ロケットランチャーを肩に乗せゆっくり坂道の中腹を照準し固定する。車が坂にさしかかる。自動的に照準器のセンターに赤いテールのミホーバンが入る。引き金を絞った。

「ドーン」

発射の感触がいい。素晴らしい代物やで。百五十メートル先でミホーバンは粉砕され火達磨になった。真赤な炎と黒煙があがる。

新品じゃない。さすがつかいこなしたアメリカ仕込みの実戦経験のある対戦車ロケットランチャーと感心していた。すごいことをする青木さん。目の前で車が爆発した。真赤に燃えているわ。このようなことをしてもいいのかしら。

「さあ、所定の基地にもどろうか」

「はい、でもこのようなことをしてもいいのですか？」

「わたしは悪い奴らを懲らしめるのが仕事なのですよ。警察も理解しているのですよ。だから心配しないで」

「……」

青木と裕子は子分ふたりを始末したあと、常駐の大洲市富士山にむかっていた。

「安全運転で帰りましょう」

「ええ」

「それにしても素晴らしい運転テクニックですね。わたしならそうはいかないですよ」

「わあ、ありがとう。お役に立てました？」

「それは仕事ができた証明ですよ。ほんとうにご苦労さんでした」

「はい」

青木さんだって、わたし以上のテクニックを持っているのに。足元にもおよばないわと考える裕子だった。恵利子は明日午後七時五十三分の特急宇和海で移動するのか。市の条件を考え最善の救出方法を消去法で考えていた。夜急襲するとする……人数が多い。失敗するか玉砕かもわからないが、恵利子に危害を与えるのを避けることが最優先である。移動時の少人数であれば数分で救出はできる。しかし、救出後の措置に手間がかかる。人目にさらさないことも条件である。夜間ハンググライダーで特急宇和海に隠密着陸する。そして、恵利子を救出する。

しかし、八幡浜からは山間部を通過する。ハンググライダーをコントロールするには無理がある。救出で相手との銃撃戦が目に見えている。ＪＲさんの機転ですぐに特急が停車し事件発生の通報がなされる。停車したあとすぐに古谷か裕子に迎えにきてもらうか。これもあとあとを考えるとめんどうなことになりやすい。ならば救出したあと間髪入れずに特急が停車するまでにパラグライダーで恵利子とともに脱出する。

問題は特急にいかに隠密に乗り移るかだ。八幡浜駅や大洲駅からのこのこ特急に乗るわけにはいかない。ハンググライダーでの移乗はリスクが大きすぎる。他に良い方策はないか。合田の力をかりることも一考である。合田は最悪の狭隘な場所での操縦技術につけては最高のテクニックがある。誰もが考えるであろう……障害のない鉄道の線路。電化されていない地方田園地帯にある線路。それに橋梁も含まれる。ただ、橋梁と一口にいっても形は様々だ。トラス橋はだめだ。大洲駅手前の肱川の橋梁には障害はない。線路が施行されている。橋梁全長は二百六十九メートルある。通過するのに十秒たらず。合田の操縦テクニックから考えれば、この橋梁でヘリから移乗するに妥当と考えた青木だった。走行特急からパラグライダーでの脱出は特急と風の状況でなんとかなるだろう。物理学じゃないが、特急は時速約六十キロメートルで動く物体。かくして恵利子と一緒にパラグライダーに乗り、上空に上がるのはパラグライダーのパラシュートが風圧で膨らむ。二百メートルレンジャーロープを屋根の空調アングルに取り付け死点とする。カラビナ数個を通し風圧を受けながら上昇する。特急とパラグライダーの角度四五度で概ね一四〇メートル上昇する計算になる。

大洲市に帰り最終特急『宇和海二十八号』の屋根の状況を確認することと、明日の天気の状態と風の状態を観察することや鉄道の状況等、それに武器の作動確認の仕事を考えていた。

「裕子さん明日夜に作戦を決行します。いろいろ仕事をまかすが、お願いしたい」

「はい、できるものならばなんでも言ってください。しかり飛ばしてください」

再度古谷と連絡を取った。

「古谷か」

「青木か。なにかわかったか」

「エコー二十七の所在がわかった。さきほど言っていたアジトに監禁されている。ふたりがゲロしたからまちがいはない。これからの予定だがエコー二十七は明日宇和島発午後七時五十三分の特急宇和海二十六号で松山に行くらしい。そこを狙うよ。合田のヘリで特急の屋根に着陸し、奴等を襲う。着陸場所は肱川橋梁にする。飛行障害のない橋梁や。救出したらパラグライダーでエコー二十七を連れて脱出するつもりでいる。それとなあ、最初ハンググライダーで特急に移乗するつもりだったが、狭い山間部で不規則な風もある。ハングじゃちょっと無理がある。それで、合田のヘリ操縦テクで肱川橋梁通過中に移乗したい。さらに、明日午後七時ごろ富士山山頂で登場したいと合田に連絡願う」

「そうか、わかった。これでエコー二十七は救出されたと思うで」

「最善は尽くすよ」

「頼む。それからあとなにをすればいいか教えてくれ」

「それじゃ明日でもいいから宇和島からの客の状況とガソリン満載の十二キロリット

ル入りのタンクローリーを一台準備しておいてくれるか。タンクには柑橘用清水とでも書いていれば安心や」

「ガソリン満載の奴か……ＯＫ」

所在が判明したか。これで恵利子は救出されたも同然であることを古谷は確信した。しかし、ガソリン満載のタンクローリーはいったいなににつかうのか。あいつのことだ、火のついたタンクローリーをアジトに突撃させるのだろう。

「それとゲロしたふたりはどうなった」

「遠い国に旅立ちたいとのたまわれたのですぐにキップを買ってあげたよ。ちょうど地獄駅に臨時停車した真紅に燃える特急に乗っていったよ」

「そうか、アフターサービス満点やね」

「それくらいしてあげないと腹痛とストをおこすぜ」

「了解」

「裕子さん、大洲に帰り最終特急の屋根と陸橋を確認しますから、すこし協力願いたい」

「はい、わかりました」

大洲駅に到着する特急宇和海の時刻を確認していた。最終便である。午後十時三分大洲駅をでる。

「裕子さん、わたしは大洲駅でおりますから次の駅、内子で待っていてほしいがいいかな？」

いったいなにをしようとするのかな？

「了解しました」

午後九時五十分に裕子の車からおりた。定刻に入ってきた宇和海二十八号。二番ホームの松山側の先端で待っていた。発車直後のスピードはおそい。左の近い車体部に飛び移る。そして屋根に移動する。簡単な作業である。屋根に移りその状況を頭に叩きこんだ。あわせて喜多山駅までの陸橋や電線の状況と時間経過を考え、的確に計算されていた。着地面の状態と突入に必要なアングルの構想を描き、パラグライダーでの脱出に支障ない場所の検討等のプランを考えるためだった。空調の角度、構成物の材料と強度の関係を知りたかった。ほどなく宇和海二十八号は内子駅に到着した。到着前にすでに特急から離脱していた駅前のロータリーに来た。

「お待たせ……さあ帰ろう」

「ほんの十分程度なにをしてきたのですか？」

「特急の屋根を見せてもらったのだよ」

「屋根なんか見せてくれるのですか？」

「いや、見せてはくれないですよ」

「じゃ、どうして見てきたの？」

「無賃乗車させてもらいました」

「いいの？」

「走っている特急にそっと乗りこみました」

「ええっ……」

裕子は思っていた。もうなにもきかないようにしよう。忍者みたいに動きまわる青木さんなのか、整理して考えないと頭が混乱する。


十一月一日。朝陽が昇る……雲量はすくない。晴れ、この状態を継続していてほしいものと思っていた。妙見山の南麓を十分に照らしていてくれれば陽が落ちてもサーマルはあるだろう。午前中山頂の駐車場付近でパラグライダーの展開状況を確認していた。裕子の車で時速約三十キロメートルにしてパラグライダーの展張状況をみた。パイロットシュートやブライダルコード、ハーネス。サスペンションラインにスライダー。空気をはらみ上方に展開する。パラシュートが展開すればトーイングラインをカラビナ五個経由させ、フットロックで調整し、風圧の調整は両手でできる。早い話が特急からのたこ揚げだ。特に問題はないと考えた。本来なら特急の速度でやりたいが狭隘な公園パーキングだ。

「青木さんそのパラグライダーはわたしにもできますか？」

「ああ、簡単にできますよ。この作戦が終わって、落ちついたら講習してあげよう」

「ありがとう」

「自由に空を飛ぶことは楽しいよ。一度わたしに乗り二人乗りの試験飛行する体勢でもしますか」

「ええ……お願いします」

パラグライダーコンテナを背中におってから裕子を前抱かえにする姿勢にした。

「二人乗りのタンデムシートがあるけど今回はこんな形で飛びましょう」

「青木さん、なんか照れくさいです」

「そうですね……すみません」

青木は裕子を介して恵利子を前抱かえにする感覚を試していた。間髪入れずに恵利子を身体前面で固縛し安心させる。やるだけやるしかない。

重さに耐え揚力をとらえる翼面積が十分にある。これでパラセットと小銃や小物をプラスしても安定飛行できることを確認した。夕方になり青木は裕子をともない日曜大工のマーケットに行き、鉄パイプを購入した。店員に角度調整とカラビナ取り付けの穴をあけてもらい、さらに差しこみの部分を鋭利な角度を持たせるように加工してもらった。これで空調から安定できる角度になる。体重をかけても大丈夫だと考えた。

第九章

救出

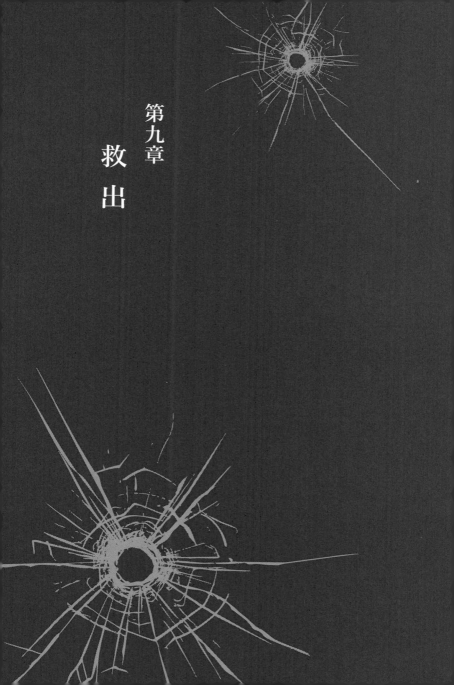

午後六時。情報を再度整理し、活動の時間を計算していた。特急宇和海二十六号の宇和島発車時間は午後七時五十三分である。八幡浜駅から大洲駅まで約十三キロメートルである。所要時間十二分。途中に夜昼トンネル約二千四百メートルがある。大洲駅から次の停車駅の内子駅まで約十二キロメートル、所要時間十分である。移乗する肱川橋梁は二百六十九メートル。

大洲駅停車時間は約二十秒から三十秒まででであろう。その間は車体の下部に潜む。大洲駅を発車する……直後に屋根に進出する。用意していたロープで身体を縛り振子の原理を使用し窓から突入する。突入してから約十秒までに敵を乱射する。恵利子を背負い屋根に進出する時間は十秒。恵利子を安心させるように伏せる姿勢を取らせる……時間は十秒。あらかじめ用意しているパラグライダーコンテナを固定し、ハーネスを取り出して細い索で仮固定する。カラビナに装着している上昇のためのトーイングロープを腰巻風にセットする。ここまで二十秒を消費する。できればすぐに恵利子を前抱きにして短いレンジャーロープでもやい結びにして落下防止と安心材料にする。片手でもやい結びは簡単にできる。所要時間二十秒だろう。用意できしだいパイロットパラシュートを出し、パラグライダーの本体パラシュートを展開させ上空に飛び上がる。風圧程度によるが十秒までに展開し離脱を考える。全体の流れの消費時間を計算した。合計七十秒になる。そんなバカな、すべてうまくいくはずはない。不足する時間をそれぞれ十秒たした。百四十秒か。最悪を想定した場合二分二十秒になる。合田の観察によれば、パラグライダーでの特急からの脱出は、喜多山駅手前の比較的両サイドが開けた場所ならスムーズに展開は可能と助言を得ている。

午後七時ジャストに古谷から連絡があった。

「アジトから五人連れがでた。服装はジャージ姿が二人、あとはスーツ姿の男三人である。たぶんジャージ姿のふたりのうちひとりがエコー二十七だろう。背丈がよく似ている。エコー二十七はおおきいからまちがうなよ」

「ジャージ姿とはなあ。奴等の魂胆はなにか？」

「たぶんスポーツ選手に似せているのじゃないか。フードをつければ人相はわからないだろう。カモフラージュしているつもりだろう」

「そうか、ジャージの姿に要注意だな」

「駅についたらまた連絡する」

「ああ、頼む」

恵利子はいよいよでたか。待っていてくれ。


携帯に古谷からの情報があった。恵利子たちは指定席の箱で、前から三両目、ボックスは前から四番目、海側に座っている。指定席には宇和島からの乗客は恵利子たち以外なし。八幡浜まで同行する。八幡浜で客の再確認をする。古谷は二両目の自由席の最後部に乗りこんだ。相手から不審者とは思われていない。しまなみ海道で忽然と消えたミスなのか。夏のイベントと因島でのやさしい恵利子の顔だちが思いおこさせる。誘拐集団から救出しなければならない。計算どおりでいいだろう。

トンネルをでればまもなく大洲駅に到達する。発車後、次のトンネルまで距離がある。侵入し恵利子を救出する。パラグライダーで特急から離脱する。あらすじを考えていた。うまく展開できるかわからない。

宮本商工企画課長の言い分をきいていた。まずミス大洲である。そのミスが誘拐されているなんて言えない。ミスがいかなる状況であっても大洲まつりまで純白無垢である証明をしなければならない。警察機関はいま、組の抗争事件で十分に手がまわらない。人知れず何事もなかったように市民の待つ大洲まつりの華として救出してほしい。ましてけがなど以てのほかである。

午後八時二十三分特急『宇和海二十六号』は八幡浜駅に到着したのを確認した。すぐに発車する……決行の時期を悟った。

古谷から連絡があった。八幡浜駅からは指定席に三組七人ほど乗りこんだのを把握した。指定席の場所はうしろ側の二番目と三番目に座っているのを確認した。すぐに携帯で大洲駅に電話を入れ大洲から指定席の乗客の把握をした。それによると大洲からの指定席の乗客はいないとのことである。全車両の乗客数をくまなく知らせてくれた。先頭の自由席に三十五人、二両目の自由席に二十六人、三両目の指定の箱に恵利子と男が四人、その箱の後部に三組七人が席を取っている。その乗客と恵利子たちの間の距離を考えた。たぶん七～八メートルになる。大洲からの自由席の乗客の把握が必要かと古谷から問われたが、必要ないと回答した。四両目は八組二十四名ほど乗車している。屋根におりたなら再確認は必要である。

救出作戦の時間が迫り、ヘリ搭乗になる。

「裕子さん、これからヘリに乗り作戦を開始します。大洲市のスーパーの駐車場に行き待機しておいてください。次のオペレーションはまた指示します」

「はい、分かりました……気をつけてください」

「了解です。ありがとう」

そのころ、八幡浜市の大畑山上空に合田機長が操るMH六百五十三が占位していた。

「合田よ。今から冨士山パーキングに来れるか。大洲城跡西側の肱川橋梁で特急に移乗する」

「OKやで。その要請を待っていたぜ」

「ありがとう」

すぐにMHはパーキングの上空に飛来し、徐々に降下した。高度一メートルでホバリングした。パラグライダーコンテナ携行武器小物道具を機内に入れ込み、青木は機内に入り込んだ。

「今回も世話になるで」

「いつものことや。気にせんでええ」

「連絡したとおり、まもなく宇和海号が大洲に着く。肱川橋梁で特急に移乗したい」

「了解やで」

合田はMHを、西大洲駅から特急右側の上空十メートルあたりで橋梁にむけ並行飛行させていた。

「青木……まもなく橋梁に入る。スタンバイしてくれ」

「了解した」

コンテナに携行武器、小物道具を手に持ちスキッドに足をかけた。機上整備員に親指を立て、準備完了の手先信号を示した。

合田は特急の窓明かりを注視しながら橋梁に進出するタイミングを計っていた。

窓明かりが見えた瞬間。スライド降下しながら特急にせまった。屋根中央部との高度一メートルで観察し特急との相対速力を0にした。瞬時にホバリング状態を操った。

青木は難なく特急の三両目の屋根に移乗した。鉄橋通過音で移乗の異音は分からないだろう。すぐさまMHは現場離脱し、青木の監視飛行に入った。

青木はコンテナに小道具を空調機器の架台アングルにカラビナ小型クランプで係止した。身体には携帯武器と恵利子を背負う短いレンジャーロープを付けている。

小型の鏡を取りだした。屋根を移動して客室のなかを確認する。屋根から反射させて客室内をさぐる。最後尾の箱から確認した。自由席なのか三十パーセントの乗車率である。指定席の三両目はどうか。乗客はすくない。恵利子は進行方向前から左側の三番目のボックス席にいた。前側の席にフード付のジャージ姿の人間が二人いる。カモフラージュしているのか。後ろ側の席側にいかにも悪と顔に書かれた男二人が座っている。カモフラージュの人間を見た。胸の大小で判別できる。当然、胸の大きい方が恵利子だろう。別の人間は単なるボンクラ構成員だろう。もう一人の男は反対側のボックス席に座っている。誘拐団の男は四人いる。仕草や表情を観察するにプロらしい男はひとりに見える。あとの三人はプロじゃない。準プロはプロじゃない。

かわいそうに顔が悲しく見える。もうすこしの辛抱だ。がんばれよ……。二両目を確認したが乗客は二十六人程度いる。一両目の先頭車は、十人ほどが乗車していた。特急宇和海の連結部のカバーはナイフで十分切り裂けるが、ひそかに侵入と窓からの突入の差を再度考えてみた。恵利子が所在する車両は前から三両目である。手前には四組十人ほどの客がうしろから一、二、三番目までのボックスに座っている。ここから侵入すれば騒ぐことは歴然だ。やはり前から五番目の窓を粉砕して恵利子救出が妥当と瞬時に決断する。ほかの客を巻き添えにするには問題が残る。接近して銃撃戦になるのは必至であるが、サンドイッチにならないだけましなのかもしれない。比較的おおきな窓を銃と身体で粉砕し突入をすることに決めた。一瞬の侵入ですこしは怯むことは十分に考えられる。プロひとりだけを注視すればいい。屋根のアングルにロープを展張し、支点から身体が最大に張りだしたところが窓の中心になるように長さを測った。屋根の外側を蹴りだし、身体を重量にして窓を突き破ることを考えた。マシンガンの銃床をあてればその力でちいさな穴はあく。そこに重量でもって最大の穴をあける。時間をとらない。音と瞬間に近い時間であれば相手も怯む時間は取れると考えながら準備をしていた。まもなく大洲に到着するであろう。乗客もすくない。駅員も平和な顔である。発見はまずない。三両目と四両目の連結部、車体の下に密かに身を隠した。レンジャー訓練の賜物であり難なく身を潜めた。車内のアナウンスが大洲駅到着を告げる。特急のスピードダウンがわかる。駅の照明がホームと車体の隙間からすこし差しこむのがわかった。やがて宇和海は甲高いブレーキ音を残して二番線ホームに停車した。蛍光灯の灯りが差しこみ、人影で光がゆれる登りホームに乗客はいるようである。乗客のおおきな話し声や荷物の触れる音がきこえ、すこしのざわつきを感じた。

午後八時三十六分、定刻に特急『宇和海二十六号』は静かに松山むけ出発した。駅の明かりがちいさくなる。幸い左側は肱川の土手があり民家はせまっていない。付近散策者や大洲の住民に目撃されることもない。

計算した予定通りの実行にとりかかる。さっと屋根に昇り三両目の所定の配備となる場所にきた。鉄パイプを空調の隙間に強力に差しこんだ。がたつきを確認しなおし体重をかけてふたり分の強度があることを確認した。カラビナを穴に差しこむ、脱落防止ストッパーをまわす。ロープを空調から取りすばやくロープを身体に固縛した。携行物を確認し固縛し黒の顔面マスクを装着した。無風で時速六十キロメートルであれば秒速約十七メートルの相対風速がある。むかい風は五メートルあり、そのぶんだけ相対風速は増える。空中脱出ベストの場所や時間から逆算していた午後八時三十九分を確認した。車内突入の時間が来た……待てない。屋根の外側に足をかけ、さらに体重をかけてロープの張り具合をみる。体重を支える張力に問題はない。おおきく屋根を蹴りこんだ。宙に浮く身体が円弧を描き身体は特急の窓に体あたりをした。

「ガッシャーン」

ガラスの割れる音がした……車内に飛び散るガラス片。シートの肘掛が気になっていたが、うまくかわせて床に着地した。身体はこなごなになり飛び散る窓ガラス片とともに瞬間にひねり前方にむいていた。恵利子は突然のおおきな音とガラスの擦れあうような音にびっくりした。なにかわからないままシートに伏せかがみこんだ。何事かと恵利子を囲んでいた男三人が一瞬に立ちあがった。後部のボックスの客も何事かと立ちあがった。窓から全身黒ずくめのおおきな異様な男の乱入にあぜんとした男たちと乗客だった。態勢を立て直していた手には、立ちあがっていた男たちに照準した小型軽量で扱いやすいサブマシンガンがあった。至近距離である。間髪入れずに銃口を横流しにして引き金を引いた。六区合田の勝手な話になるのか……海上保安庁最強の男に寄り添うことが許される女に手をだすことは、死を意味することになる。銃口から必殺の火が噴いていた。

「ズダダダーン…ズダダダーン」

普通弾とえい光弾が無防備に立った三人の男たちに吸いこまれている。男たちの胸のあたりや腕の服が銃弾でさけて血飛沫をあげる。けん銃をかろうじて抜き構えるがもうおそい。けん銃が手から落ちそうになりながらくずれる。えい光弾の輝きはみごとである。短いカクテル光線のように輝き短い一筋の光となる。車内に硝煙の匂いがたちこめる。外れた弾は特急のドアや壁を撃ち抜きガラスが粉砕され飛び散る。車内のガラス壁の広告は吊り具を失い脱落する。全身はちの巣になりながらよろめき鮮血を噴出してくずれる男たち。三人の男が床にくずれる。あっという間のできごとだった……男たちに反撃の時間はなかった。車内は立ちこめる硝煙とカーボンカスや血の臭いが複雑に交錯し異様な熱のある臭いにかわっていた。

「きゃー」

恵利子は頭をかかえながらおびえていた。突然の銃撃の音にどうなっているのか訳がわからなかった……理性はなかった。なにがなんだかわからないまま頭を両手でかかえることが精いっぱいであった。三人の男は銃で撃ち殺されている。すぐ側で床に倒れて血を吹きだしピクピクと動いている。箱がゆれるたびに鮮血が床を流れ赤くそめている……いったいどうなるのだろう。もうどうでもいいという心境になっていた。

まだひとりのジャージ姿の男が恵利子と同じようにシートにかがんでいる。恵利子をふたり組のスポーツ選手にカモフラージュしているのか。四人の男のうちプロと見た男はすでに虫の息である。ジャージ男は立ち上がり、フードのままのジャージの人間を右手でヘッドロックし、左手のけん銃はこめかみに当てている。そのまま三両目前側の出入り口まで後ずさりした。青木は、ナイフとけん銃を所定の位置に差し替えた。ナイフは両手をあげたときに瞬時に取りだせるように背中の上端のホルダーに入れ固定した。けん銃はうしろのベルトに差しこんだ。顔面マスクを取り去った。全身黒ずくめのおおきな男。あの顔……髭がのびているが、ピンときた。青木さんじゃないの。おもわず恵利子からおおきな叫び声がした。絶叫に近い声だった。

「青木さん……青木さん助けてぇ……」

「……」

どうしてここに来ているの。あの身体のおおきさが証明してくれる。全身黒ずくめの姿がこわい気がする。ほんとうに青木さんなのだろうか。どこの人なの、こわい。

男が悲壮な声をあげ叫んだ。

「このやろう女を殺すぞ」

言葉ははっきりきき取れる、雇われ日本人なのか。照準したままふたりに近づいていた。有無を言わずに引き金を引けば、男はサブマシンガンの餌食になりうしろに吹っ飛ぶだろう。しかし、万が一恵利子にことがあってはならない。明後日大洲まつりに大勢の市民が恵利子の華を待つ。かわいそうに恵利子の顔ははれぼったくなっている。頬と額にところどころ黒い汚れがある。あの夏のやさしい笑顔はどこに行ってしまったのだ。恵利子をこのようにしたにはそれなりの報いはある。男はどう動くか。無表情無言で近づき男の動きを見ようと思った。なぜ、銃を離せと言わないのか。ふたりは前のドアまでさがっていた。近づく青木がなにに見えたのだろうか。男は悲壮な顔をしていた。平和な日本であれば街角で紛争地域の臨戦体制である特殊部隊のような男に逢わない。青木の姿に驚いているようである。ジャージの男は考えていた。一瞬にして三人の男を撃ち殺す男なのか、どこの男なのか。殺しのプロの一員なのか。恵利子のこめかみには銃口があてられている。男はぶるぶるふるえ悲壮な顔をしている。直感した、これはプロじゃない。恵利子も悲壮な顔をしている。恵利子には似あわない顔である。どうするか、時間稼ぎは好ましくない。パラグライダーでの脱出の時間がすくなくなる。恐怖のあまりに男が発狂して引き金を引くかも知れない。男からふるえるちいさな声がした。

「銃をすてろ、すてないと女を殺す」

どうするかサブマシンガンをすてるか。男を撃ち殺すか。すててチャンスを狙うか。すてたあとを考えていた。両手をあげてナイフを手にするがやすいか、けん銃がやすいか。窓の内側に映るベルトに差しこんだけん銃の銃握の角度を確認した。男が目を離した隙に取りだし照準する時間を計る。銃把はやや斜めになり握りやすい。男は六メートルの至近距離である。この角度からすればコンマの時間か。すてることを瞬時に考えた。男が手にしやすいようにできるだけ男の前にサブマシンガンをほうり投げた。野郎プロじゃないのか、すぐに目を離しサブマシンガンを手に取りこもうとする。男の視線はサブマシンガンにむき青木を見ていなかった。ばかたれ、右手にうしろのベルトから抜かれた九ミリけん銃がすでに男の側頭部に照準されていた。勝負あった。男が銃を拾い、顔をあげる。悲壮な顔をしている。

「……」

指に力が入る。引き金を絞った。

「バーン」

「きゃー」

乾いた銃声と恵利子の叫び声が交錯する。頭部が撃ち抜かれ、血飛沫をあげ男はゆっくり床にくずれていた。血飛沫が多少恵利子にかかったかも知れない。

「恵利子来い……」

「青木さん……青木さん」

恵利子は絶叫しながら全身黒い姿の青木の胸に飛びついてきた。号泣していた……涙があふれている。抱きしめて離さない。

「いいか。泣くのはあとにしよう。恵利子さんこれからが大変や、走る特急から脱出する」

「……」

殺戮惨劇を見た直後である。安心と恐怖が交錯して声がでないのか。

「恵利子……俺の背中に乗れ」

青木は、恵利子を背中に乗せた。すぐにレンジャーロープで縛りあげた。

「これから車外にでる。大丈夫だよ。俺にしっかりつかまっていれば大丈夫だ」

こんな経験は、あまりないどころか皆無だろう。男に追われて走る特急の車外にでる。ましてそれから走っている特急の屋根に登るなんてことはない。ごく普通の女である。あたり前であろう。飛びこんだときのロープを手に取った。体重をかけて安定しているのを確認し、一歩車外に身体をだした。

「ここからでる。下を見るな。目を閉じろ。俺にしっかりしがみついていてくれ」

風が身体を浮かせるほど吹いている。速度からすればその程度はあるだろう。ずしりと感じる恵利子の体重。予想通りのことかロープを引き寄せる。黒いレンジャー手袋がよじれる。ロープは大丈夫だ。身体が半身屋根に到達する。空調のアングルが手元に来た。しっかりつかみ錨を巻きあげるウインドラスのような力で引き寄せる。恵利子をおんぶしたまますんなり屋根に登る。風が吹き抜ける特急の屋根。おまけに夜である。

特急の最上部の屋根の上は暗く狭いところであるが、恵利子を一度おろした。

「しっかりこのアングルをつかんでおけ、大丈夫だ。ふり落とされない」

アングルを指さして恵利子に言う。素直に従う恵利子。パラグライダーで脱出する準備をした。あまりおそくなると運転手や車掌が気づき特急は停止する……停止すればパラグライダーでの脱出は不可能になる。

あらかじめ上昇用のレンジャーロープを通していたカラビナ四個をコンバットスーツのバンドに取り付ける。同時並行でナイトスコープをかける。

線路状況と付近の風景を確認する。新谷駅手前約一キロメートル内外と判断した。まだ喜多山駅まで約二キロメートルと推測する。タイミングを失わないようにしなければ。サブマシンガンを身体の右下にした。その下に袋入りの各計器がある。道具はすべて身体にあることを確認した。

「恵利子来い……」

恵利子を呼び、前抱きの仕草を見せた。前抱きのように相対して恵利子を抱きしめる。時間はない。腕を引き寄せて恵利子を無理に抱き込んだ。

短いレンジャーロープで恵利子の身体にもやい結びを片手で結ぶ。

数回上下にしゃくり、ずれないことを確認した。これでＯＫだ。仮止めのハーネスを確実に装着した。進行方向右側は小山のすそ野がはっきりしている。目印にしていた喜多山駅の手前の踏切を間近に確認した。特急からパラグライダーで脱出するタイミングを悟った。線路両側が開ける手前でプルコードを引き、パイロットパラシュートを展開させた。二秒ごとにパラグライダー展開の作業をする。バッグが引き上げられサスペンションラインが伸びる。パラシュートが風圧をうけ展張する。フットロックの調整により二人は徐々に上空に舞い上がる。瞬間々々の動きである。レンジャーロープの黄色マーカーがはっきりと確認できた。ロープエンドが来る。フットロックを解放した。無我夢中だった。幸い上空に離脱できた。一呼吸して上空付近の環境を目視観察、高度百メートル前後と判断した。すぐに降下はしていないように感じる。左手に私立高校と市立中学校のグラウンドが確認される。夜間でサーマルは期待できないが、妙見山の南側に行けば南か南南西の風の予報で上昇気流はあると確信した。ブレイクコードを引き山麓方向に向かう。ゆっくりと上昇の気配を感じる。しめた。内心安心した。上昇できるところまで上昇させ、後は冨士山〜大野山八百メートル級〜大判山八百メートル級〜高森山六百メートル級を越えれば宇和島市上空になる。直線距離にして三十キロメートルほどだ。

恵利子は無言で身体にしっかりしがみついたままでいる。初めてパラグライダーに乗ったのだろう。

「恵利子さんもう目を開けてもいいよ。いま、大洲の街の空を飛んでいる」

空を飛んでいるの。青木さんにしがみついていたものの、身体が空にあがるようなショックらしいのを感じていた。なにがなんだかわからないと恵利子は思っていた。いま、下を見られない。足が地についていない、こわい。目がくらみそう。どうして、いま、空にいるのよ。どうして青木さんと一緒に空を飛んでいるのよ。特急の屋根から空までまいあがるのに何事があったのか十分わからないままであった。恵利子でない誰かが誰かに誘われて誰かに助けられた行動のように感じる恵利子だった。恵利子が不安でいっぱいであるのはわかっていた。こうするよりほかの方法はなかった。ミス大洲・北島恵利子は、無傷で人目に触れず、いつの間にか純白無垢のままで家に帰っていることにしなければならなかった。通常昼間の初歩的な訓練をしないまま、いきなりの本番である。しかも夜である。ふたりの身体が高度七百メートルに達していた。足が地についていないので心配するのも無理はない。安心させないと身体がまいってしまうだろう。

おおきな声で青木が叫ぶ。

「恵利子さん、爽快だろう」

「……」

「大丈夫だよ……絶対に落ちないから、安心していていいよ」

「……」

「あまり力を入れてばかりじゃ身体が保たないよ。力を抜いてわたしの胸に押し当てているだけでいい」

青木から声がでたので多少励まされたのか、恵利子は安心した様子だった。つい先ほどの大変なできごとから数分経ったのにすぎない。どうしてこのようなところにいるのか訳がわからない。どうして青木さんが登場するの。どうしてわたしがパラグライダーに乗っているの。わたしの知らない世界でなにかが動いていたのか。誘拐されたときに考えたのは、なん人もの男に乱暴されてボロ雑巾のようになり、最後に来る死でしかなかった。生きている。しかもいまは夜の空を飛んでいる。いま、気がついた。青木さんの体温を感じる。まぎれもない事実の世界なのだ。立場があっという間に逆転したようなものである。しばらく頭を整理しながら、いままでの経過を事実とともに考えるに時間がかかった。六日の間はどうなるものかと不安でしかたなかった。特急に乗せられてどこかに連れていかれる。もう二度と大洲に帰れないものと思っていた。夏の最高の思い出であったあの青木さんがわたしを救出してくれた。どうしてなの……海上保安庁最強の男といわれる青木さんが、どうして現われてわたしを救出してくれるの。

神南山の上空に合田はいた。ふたりの映像を赤外線スコープでとらえていた。第二関門の脱出も難なく成功させる。あとは古谷との会合のみか……安心した合田だった。予期せぬ事故もないだろう。合田は基地である広島航空基地にコースを設定した。

天気は快晴なのか北東の空に初冬の有名な星座がきらめく。北の方向に僅かに松山市の明かりが展開する。それから予讃線沿いの沿線に寄り添うように見える山間の街。海沿いを走る予讃線沿い、海辺の街の明かりが筋を引いて見える。上昇がゆるやかになるのを確認して左のブレイクコードを引いた。左旋回するパラグライダーだった。ゆっくり針路を南に取る。南の方向に宇和島の灯りが見える。この高さから前面のある八百メートル級の山は越えることができる。

古谷に携帯で連絡をいれた。

「古谷か……フタマルヨンヒト（午後八時四十一分）ころエコー二十七救出に成功した。現在、パラで大洲上空にいる。宇和島の着陸点を指示願いたい」

「了解……街の東側に市民球場がある。付近にあまり高い障害物はない。グランドの広さであれば着陸に十分と思うがいいか」

「球場の広さであれば問題はないと思う」

「じゃ、そこにするか」

「OKいいぜ。到着はフタヒトサンマル（午後九時三十分）ごろになるだろう」

「了解……」

大洲で待機している裕子に電話を入れた。

「作戦は成功した。宇和島市の東にある市民球場に来てほしい。安全運転で願いたい」

「わかりました。すぐに行きます。成功おめでとう」

「ありがとう……じゃ球場で待っています」

裕子の運転だと五十分程度で来るだろう。球場に着陸するのか。それなりに広い球場だろう。センターの最深部で百二十メートルはあるのが一般的である。ただ観客スタンドの高さと照明スタンドの高さと数か。スタンドの間隔はそんなに詰まっていないだろう。古谷のことである。そこが適切な着陸点と考える青木だった。

「どうしているの。しっかりつかまっているのはわかりますが、空中散歩もいいですよ」

「生きているのですね。わたしは生きているのね」

「そう、当然ですよ」

「わああー……万歳」

「あなたには生きていてもらわないと大変困るのですよ。もうすぐ宇和島の上空に来ます。もうすこし夜の空中散歩がしたいですか？」

「もういいわ。早く地面につきたい。自分の足で地面を歩いてみたいわ」

「じゃ、もうすぐ宇和島の市民球場に着陸します」

パラグライダーはまもなく宇和島市民球場に着陸する。眼下に一面黒いエリアが見える。街の薄明かりに僅かに反射する照明スタンド。バックネットやメインボードがその所在を教えてくれる。外野が芝生なのか僅かに色の差がある。市民球場にスタンドの照明が点灯された。古谷の手配であるのか。ありがとうとつぶやいていた。

「恵利子いいか、まもなく球場に着陸する。多少のショックはあるが大丈夫だ。俺にしっかりしがみついていてくれ」

「はい」

恵利子は言われたとおりに背中にしっかり手をまわし抱きついていた。布を通し僅かに体温を感じる。男の体温が……きっと大丈夫よと言いきかせていた。外野席の方向から二台の車のヘッドライトが点灯された。セカンドベースあたりを照射している。古谷かありがたい。セカンドベースとセンターの間はかなり広い。着地点はそこに決めた。三塁側の照明スタンドの間を取るように左右のブレイクを制御した。ゆっくり滑空降下する。うまく降下した。眼下に三塁側観客席が見下ろせる。高度約十メートルになる。

「恵利子、行くぞ」

「はい」

タイミングを計りながらクォーターブレイク～ハーフブレイクの制御をした。高度三メートルになった。一気にフルブレイクにした。足を緩衝角度に曲げる。

「さあおりるぞ」

「……」

早歩きのように着地した。

「無事に帰った……よかった」

パラグライダーを切り離した。

救出は成功か……人知れずに、大洲市民にもさぐりを入れられることもなかった。幸い救出から脱出時のけがもない。ミス大洲北島恵利子は単に数日の間急病であった、体調は回復した。外見上もなにも傷ひとつない。約束は果たした。市民が待つ大洲まつりに出席できる。一日ゆっくり休養すれば元の恵利子にもどる。いや、出席しなければならない、ミス大洲北島恵利子。

「ありがとうございました」

涙声にふるえながら恵利子は青木に抱きついた。しばらくは離れなかった。恵利子の身体を離し両腕をつかみ見つめた。

「もうすぐあなたたちの街のまつりです。市民があなたのお姫様の姿を待っている。元気な笑顔を見せなければ」

「はい……」

どうして、わたしがまつりでお姫様になることを知っているのかしら。青木さんのことである。すべて知っているのでしょうか。

ふたりは外野席の入り口に歩いていった。古谷は待っていた。

「青木作戦成功か。待っていたぞ」

「ああ、そうらしい」

笑いながらがっちり握手する青木と古谷専門官。

「彼女は大丈夫か？」

「健康そのものですよ」

「宮本課長は大喜びだろう……」

青木さんと海上保安官の会話がきこえた。宮本商工企画課長のことなのか。恵利子は思っていた、課長が頼んだのかも知れない。でもどうして、どうして課長が青木さんに頼んだのかしら。

「夜の空中散歩なのか、お前にとっては。人知れず特急に潜入し人質を助けるのか。いつものことながら隙はないのう」

「いや、みんなのお陰や。俺は用意された道具をつかうにすぎないぜ」

「宮本課長にも顔が立つ。ありがとう」

「オーダーの白いスーツとアンダーウエアのセットや」

「すまんな。ありがとう」

「同期の間の不文律や支援の額は糸目をつけずに支援やと。サイズをきいていたからあうと思うよ」

事前に購入する予定で古谷に頼んでいたから大丈夫だろう。似あうものと考えていた。

「青木よ。この服を買うときに店員が不思議がっていたよ。外人なのかスーパーガールなのかと。こわい嫉妬の眼で睨まれたよ」

「そのとおりの女性やで」

さすが青木のやることである。それに見あうことをしなければ六区海上保安本部同期の名がすたる。ミスの救出には最善を考えていた古谷だった。

「むこうににわか仕立てのシャワーをセットしたワゴン車を用意しているぜ。ミスにつかってもらうよ。汚れたミスなんて似あわない」

「そうか。ありがたい」

「恵利子さん、身体を流しておいで。それとこれが着替えの服です」

「はい、ありがとうございます」

「仕上げの準備はＯＫなのか？」

「場所も確認している。調達も準備万端や、所定の場所に収納した。会計係の納品検査済みやで、分類は消耗品になっている」

「そうか、もうすぐ仕上げの道具が来る」

「対戦車ロケットランチャーをつかうのか。お前って恐ろしい奴やなあ」

「それで仕上げがうまくゆく、古谷にもマシンガンをぶっ放してもらう」

「ＯＫ」

球場への進入路入り口におおきなヘッドライトが近づく。裕子なのか。ご苦労さんやった。俺によくついてきてくれた。ありがとう……。

「ロケットランチャーを持ったロシアのスーパーガールが来るぜ」

「やはりアシストの女はすごい奴なのか」

「すごい奴や。ちなみに現役のミス松山でもある」

ミス松山なのか、なんて奴なのか。青木はミス大洲とミス松山を股にかけるのか。とんでもない奴やで。まもなく裕子がＳＵＶを操り球場にきた。

「遅れてごめんなさい」

「いや、いいよ。ほんとうにご苦労さんやった。裕子さんお礼を言います。ありがとう」

黒のコンバットスーツを着た現役のミス松山なのか、どおりでおおきいはずだ。松山空港で見た顔つきでない。女性版ネイビーシールズなのか？　いい顔しているぜ。まったくふたりともダイナマイトボディなのか。このふたりを相手にしているのか。並の女じゃ似あわない海上保安庁最強の男だからこそできることかも知れない。

「作戦は成功したのですか？」

「はい、予定どおりになりました」

「そう、よかったわ」

「最後の仕上げだけが残っています」

えっ、作戦は成功したのに最後の仕上げなの？　いったいなにをするつもりなのかな。

「仕上げですか。なにをするのですか？」

「一緒にごらんになりますか？　豪快ですよ」

「そう豪快な仕上げなの。はい、見てみたいです」

「そうですか。それじゃ行きましょう」

裕子は思っていた。なにが豪快なのかしら、夜にパラグライダーで大洲の街に飛びだす。そして連絡を待てと言う。なにがあるのかしら、海上保安庁最強といわれる男の豪快な仕上げてなんだろう。幸い裕子は恵利子の存在に気がついていない。裕子を思えば、また恵利子を思えばこれが最善の措置だろう。いま、話すべきでない。SUVに裕子と乗りこんだ。

古谷は警備係長に恵利子を頼んでおいた。

「警備係長あとを頼む……最後の仕上げに行ってくる。そんなに時間はかからない」

SUVと古谷のワゴンが連れ立って街のなかに消えた。

国道五十六号を北上し、三百七十八号に入る。海岸線を走り、明浜町狩浜地区の山間に入る。みかん山がたくさんある。その廃屋に誘拐団が住みついてアジトになっている。みかん山の農免道路は比較的広い。幹線からすこし登る二台の車……やがて古谷の車が止まる。パワーウインドウがおりる。ひょこっと顔をだす。

「ここから灯火管制で近くまでいこう」

「ＯＫ」

ヘッドライトを消した車は不気味に見える。古谷は調達物のナイトスコープをかけた。同じように青木もかける。ヘッドライトを消した二台の車はさらに農免道路を登る。収穫の作業を終えているので山間にはもう農家の明かりはない。農免道路の対向車の譲りあうゾーンに到着した。古谷は車を止めた。青木も続けて止める。

「ここからがいいだろう。距離は約百五十メートル程度になる」

「アメリカマシンガンはいけるか百五十で？」

「いけるぜ。六十四から八十九に変更しても概ね命中していたぜ」

「そうか。それなら大丈夫や」

「目標もでかい。百発全弾命中や」

「ＯＫ」

道路の中腹の路肩に古谷が手配したガソリンを満載しているタンクローリーが駐車してある。その下約三十メートルに誘拐団がアジトとしている廃屋がある。携帯発電機を用意しているらしい。夜間の照明がある。日常の生活に支障はないのか。ナイトスコープで十二キロリットル入りのタンクローリーを確認した青木だった。誘拐団の壊滅の道具はそろっている。スコープを廃屋に移した。

「人の気配はありそうか？」

「すこし窓の明かりがゆれる。たぶんいるでしょう。ナンバー二以下数人の団体さんが」

「そうか。いま、木っ端微塵にしておかないと再生し活動されたら今後問題となる」

「そのとおり、いまが大事な局面や……」

「古谷、マシンガンでタンクローリーを頼む。俺はロケットランチャーでタンクローリーの路肩の下を粉砕する」

ガソリン満載のタンクローリーを手配されたとき、だいたいこのようなことをするのだろうと思ってはいたものの、燃えるタンクローリーを廃屋に上の道路から一気に落とす。とんでもないことを考えるとあぜんとした古谷だった。

「了解、それにしてもとんでもないことを考えるのう」

「ボスはいないが、これくらいしてあげないと罰があたる。当分は活動停止である。いや、永久に機能停止になる」

「それだけなのか？」

「恵利子が流した涙に比べればたいしたことでもないだろう」

顔にはでていないが、訳のわからない男たちに連れ去られ暗い部屋で数日の間ひどい仕打ちを受けていたのだろう。恵利子の流した涙に値する報復をしなければと考えていた結果にすぎない。

「ふっ、恵利子の涙か」

敵に対しては必殺の冷たい殺人マシーンになるのに、女に対してはわりとロマンチストになるのか。そのようなことは一切言わないのに今回ははっきりと言う。本来青木の言うべきことじゃない。ぽろっと本心がでたのか。俺の知らない夏の思い出からそれだけ恵利子を思っていたのかも知れない。そうだろう……愛媛県や大洲市の誇りやからのう。そうつぶやく古谷だった。

「了解……発射のタイミングを頼む」

「スタンバイはいいか？」

「問題はない。いつでもＯＫ」

「俺が路肩を標的にする。路肩がくずれてタンクローリーがゆっくり傾くだろう。そのときにタンクめがけて乱射してほしい。火の玉になったローリーは猛炎をあげ廃屋めがけて落下する。ガソリン満載の転げる爆弾や。ほかに迷惑をかけないうちに壊滅させるぜ」

「当然の措置やな。厳重処分にしないとな」

「古谷……いくぜ」

「ＯＫ」

ロケットランチャーを取りだして準備をしていた。古谷はそばで見ていたこのような代物を簡単に理解して対応するのか。ゆっくり砲弾を取りだして装填する仕草を見ていた古谷は思っていた。なんて奴なんだ、目が人間の目じゃない。まるで言われたとおりにする冷たい機械そのものじゃないか。一瞬ぞっとした古谷だった。やがてロケットランチャーを肩にあてタンクローリーの駐車する路肩を照準した。照準器と標的と青木の視線が一直線になったのだろう、ピタリと静止した。一発で前輪の部分の路肩、続いて後輪の部分の路肩を粉砕する。

「ドカーン」

ガードレールのやや下に命中した……粉砕される農免道路の路肩。ブロックで補強しているのだろうが無駄だった。ローリーの前輪の道がくずれ、前輪が路肩に落ちている。今度は後輪か、続いて二発目の音がした。ナイトスコープに映るローリーが右にゆっくり傾き始めた。古谷は照準していた銃口は動かないピタリと止まる。

「レッツゴーや」

古谷自身声をあげて叫ぶ。発射制御は連発にしている。古谷は引き金を絞りこんだ。

「ダダダーンダダダダーン」

マガジンの全弾を撃ちこんだ。えい光弾がタンクに吸いこまれる。赤い炎が見えた。着火した……黒煙をあげて真赤に燃えさかるタンクローリーが傾きそして落下する。スローモーションを見ているようだ。ローリーは猛炎をあげて落下する。途中でワンクッションをおいたのだろうか、ひとつバウンドして廃屋の屋根に飛びこんだ。おおきな爆発音とともに廃屋が吹き飛び、炎がみかん山にまいあがった。廃屋は燃えるタンクローリーで粉砕され猛火の餌食になっていた。

「今度は裕子さんの番やで」

えっ、わたしが撃つの。その機関銃を撃つの。これが青木さんとのめぐり逢いの結果なのか。いいのかな、このような経験は二度とできない。こわい気もするけど撃ちたい裕子は積極的に考えていた。サブマシンガンを取りだし、銃を裕子に渡しうしろに来た。両腕をガイドし裕子に銃を構えさせた。うしろから手を取り引きがねに手を入れさせた。

「うしろで支えるから遠慮しないで、あの炎むけて撃ちなさい」

「これでいいの？」

姿勢だけは一人前のコマンドである。

「ああ……それでいい」

銃口は火達磨の廃屋を照準していた。

「さあ。引き金を引きなさい」

「ダッダアッダーン」

「きゃー」

裕子はびっくりしながら引き金を引いていた。七～八発しかでていないだろう。

「裕子さん全部撃ったんだよ」

心臓が飛びでるような気持ちであった。どうしてすごい……すごいわ。銃を撃つなんて、このような感触があるのか。裕子はこの感触の魅力にはまりそうな気がした。

「ああ、そうですか。訳がわからないままだったわ」

「楽しみながら撃つものですよ」

「……？」

硝煙が付近に漂い煙る。咳をしながら裕子は銃を渡した。

「裕子さん、作戦はすべて終了したよ。ほんとうにありがとう。お礼を言います」

「……」

「さあ……球場に帰ろう」

青木と古谷、それに裕子の三人は宇和島の市民球場に引き返した。帰る途中、青木は古谷を経由して携帯で恵利子を車外にださないようにお願いしていた。もう作戦も終わりなの、すべて終わりなの。球場に帰りながら裕子は、先ほどの作戦や数日の行動のすべてを思いだしていた。やがて二台の車は球場に到着した。古谷は、恵利子が外にいないのを確認し警備係長に伝えた。

「作戦はすべて完了した。救助完了の電報はいらないぜ」

「了解……ご苦労さんでした」

古谷と警備係長は、ＳＵＶから調達物品を官用車に移していた。

「古谷、いろいろ支援ありがとう。関口にも礼を言っておくよ」

「いや、こちらこそありがたかったぜ。関口には俺からも礼を言っておくぜ」

「ああ……頼む」

青木に寄り添う裕子の目に涙が滲んでいた。

「青木さん」

小声で言うなり抱きついていた。青木は裕子の肩を、静かに叩き話した。

「裕子さん作戦はすべて完了した。ほんとうにありがとう。この作戦は裕子さんがいてくれたお陰で成功した」

「……」

「残務整理でしばらくここにいるが、先に行って休んでいてほしい。宇和島の○○ホテルに宿を用意している」

行動中は風呂にも入れてもらえず、生理的なものは街のスーパーやパチンコ屋ですました。会社を休み、わたしがこのようなことをしなければと思い悲しかった。食事も店屋物ばかりであった。極力水分を摂らずがんばった。朝の洗面は肱川をつかった。とんでもない経験をした。このような経験は生涯二度とないだろう。青木さんと一緒に行動する衝撃的なデートを承知したからこそ経験できた。パラグライダーで夜空に飛び立ち、なにをしていたのかは知らない。最強といわれる男がしたことなのだ。でも裕子は満足していた。車のアシストだけであったが、作戦遂行の役に立てたのだ。

「裕子さん、松山で再会を……」

ほんとうにありがたい気持ちだった。救出の経過をみれば輝く裕子の功績である。アシストをぬかりなくやり遂げてくれた。

「裕子さん、わたしからの最終行動の指令は◯◯ホテルである」

「了解わかりました」

裕子に毅然とした顔の微笑が残っていた。裕子は指定されているホテルに来た。薄い白のレインコートを着てフロントに行った。部屋には新調の薄緑のスーツと最高の化粧品や白いアンダーウエアが用意されていた。メモがベッドにおかれていた。『作戦は成功した。裕子さんの功績である。五日の間作戦行動にぬかりはなかった。ありがとうございました。十一月三日午後三時松山空港で待つ。青木・古谷』用意された服が似あっている。街中を歩けば誰もがふりむくような女に変身した裕子だった。現役のミス松山である、当然だろう。ウエイターがレストランに案内した。裕子の服に似あうディナーが用意されていた。

恵利子はすでに古谷から用意されていたスーツに着替えていた。さすが現役のミスである。用意した白いスーツはファッション雑誌から抜けでてきたように似あっていている。黒い網ストッキングからでる足が眩しいくらいである。髪を肩まで垂らした恵利子はすくなくともそこらの女性がふりむくような容姿である。小物のバッグまではないが。

「青木さん、ありがとうございました」

「大丈夫でほんとうによかったよ。大洲まつりには間にあいます」

古谷がふたりを眩しそうに見ている。

「ほら、青木にも着替えは用意しているぜ。不精髭を剃ってさっぱりしろよ」

「俺にもか……」

「あたり前や、呉での話と違うぜ」

「そうか。すまんな」

「青木、お前も着替えろよ」

「OK……ありがとう」

青木は用意された袋を持って車のなかに入った。ダークスーツに濃い緑のネクタイである。

古谷の奴、呉の一件を知っていたのか。やがて着替え車からでてきた。用意した服にピッタリである。さすがに決まっているぜ。私服を着た海上保安庁最強の男なのか。超一流の顔をしているぜ。それに似あう女、恵利子なのか。海上保安庁最強の男に寄り添うことが許される恵利子なのか。おもわず古谷が叫んだ。

「青木よう、最強の男とそれに寄り添うことが許される女やのう」

寄り添うことが許される女。許されるとはいったいなんなの。意味がわからない。最強の男に寄り添うことができるのか。その意味を理解した。恵利子の頬はすこし紅らんだ。最強の男に寄り添うことが許される。このわたしが寄り添うことが許されるのか。このわたしがそのように形容されるのですか。

「これが○○ホテルのキーや。夫婦でリザーブしているぜ」

「なにっ、夫婦で?」

「いや、俺の単なる作文にすぎない」

「そうか。ありがとう」

「ご苦労さんのディナーも用意しているぜ」

「そうか。色々とありがとう」

「ミス大洲は、大洲市民や愛媛県民、俺たち宇和島海上保安部の海上保安官の財産でもあるよ。ゆっくり休んでくれ。ありがとうよ……青木」

「……」

○○ホテルは宇和島でもトップクラスのホテルである。古谷は似あいのふたりのために最上階の落ちついたツインの部屋を用意しておいた。明日にでも商工企画課長に連絡をすることを古谷は考えていた。ふたりを乗せた古谷は車をホテルにむけていた。奪還作戦を素人の女ひとりをアシストにしてやり遂げる男か。一日ゆっくり休めば新たな敵に立ちむかう体力も回復するだろう。ミスも元気が湧いてくるだろう。ホテルの前でおりた青木は、恵利子とともに古谷に礼を言った。

最上階の部屋からは宇和島市の夜景が一望できる。再度シャワーを浴びて身なりを整えた青木と恵利子だった。

「作戦は成功した……恵利子さんも無事に帰った。食事に行きましょうか」

「はい、わかりました」

青木さんに寄り添える、一緒の時間が持てる。これがわたしの悔いのない青春の一ページなのだ。もう二度とないとんでもない青春の証明なのだ。今年の夏はミスとして最後の夏。二度も青木さんと出逢い過ごす時間が持てた。出逢いは若いときの通りすぎゆく運命だったのだろうか。ふたりはレストランにむかった。洒落たお客さんもたくさんいる。青木たちがレストランに入ると一瞬どよめきがおきたように感じられた。スーパーカップルの登場である。テーブルにメッセージがある。『ありがとう……。恵利子は、俺たち愛媛県の誇りだ。青木治郎と最高のミス北島恵利子に乾杯』あいつ……フルコースの設定なのか。古谷ありがとう……心のなかでつぶやいていた。

赤ワインが注がれていた。

「乾杯……」

グラスのあたる音。微笑むふたり。

「青木さんはなにに乾杯したのですか?」

「あなたのすべてに乾杯です」

「あなたはどうですか?」

「わたしも青木さんのすべてに乾杯です」

「そうですか。それはありがとう」

あのとき、あの情景、あの夏の日と同じやさしい瞳。やさしい言葉をかけてくれる。

どうしてこのような男性なのか。出逢いにまちがいはなかった。すぎゆく時間、このような素晴らしい男に出逢えた。あの言葉は青木さんに誘われてでた言葉だったのかも知れない。そのときのわたしは自分に素直だったのでしょう。自分自身に感謝すべきだろう。ありえないことだったかも知れない。ただひと言先に恵利子からでた言葉だった。『どちらからおいでになったのですか?』この、先に声をかけたことが、新たな展開を呼びこんだ出逢いのきっかけになったのか。運命なんてわからないものである。そして今回の事件と救出劇。パラグライダーで特急から脱出を計った。いままでの生活ではとうていありえないことである。わたしの頭上を小銃の弾丸が突き抜ける。いま、思えばまるでアクションものの洋画の一シーンであった。わたしの住む世界にこのような男性がいる。別の次元の男であるのか、たぶん別の次元の男なのでしょう。すくなくともわたしの周辺にはいない。夢の世界にいるようであった。ゆっくり食事を摂ったあとふたりは部屋に入っていった。

「いろいろあったでしょう。もう大丈夫ですよ」

「……」

ふたりだけになったことからであろうか。恵利子は顔を青木の胸に預けていた。ありがとう……ほんとうにありがとう。言葉では言い表せない。青木の胸に顔をうずめ衿をつかんだまま離さなかった。恵利子は泣いていた。

成功した。今回救出のメインの作業はフライト作戦だった。調達の品を手際よく準備してくれた。古谷や宮本課長がいてくれたお陰である。武器調達の関口課長にも礼を言わなければならない。舶来の高性能の軽い米海軍ネイビーシールズがつかうサブマシンガンの用意は大変じゃなかったのか。本人の恵利子も大変だっただろう。いきなりの銃撃戦や走る特急からパラグライダーで脱出を図ることなんて考えたこともなかっただろう。よくがんばってくれた。恵利子を離して、電話を取り関口に電話を入れていた。

「関口さん、古谷から頼まれたエコー二十七作戦は成功した。関口さんのお陰や。ありがとう」

「そうか、成功したか。お前は『作戦は成功した』としか報告できない男やで、古谷から話があったときに勝手に調達したよ。好きな奴を持っていけるように」

「ああ、自由に選ばせてもらったよ。優秀な武器であればこそ成し遂げることができたよ」

今回は夜中のことであり、無理を言った関口だった。こたえる米軍岩国基地の将校と自衛隊の駐屯地の幹部、ありがたい話だった。また広島海上保安部所属の二十メートル型の船長も快諾し物を松山海上保安部まで輸送してくれた。

「女は見ていないが、お前に似あう武器と女だろう」

「武器はわかるが、女はわからない」

「そうか。それはいい」

あいつのことである。それなりの女であることはわかっていた。

「いま、どこにいる」

「宇和島の○○ホテルにいる」

「古谷の調達したホテルだろう」

「ああ、そうらしい」

「見晴らしはどうか？」

「宇和島の夜景が目の前に広がっているぜ。広島のようじゃないが」

「その夜景がふたりを祝福しているだろう。そう思えよ」

「了解……そう思うことにするよ」

「じゃ、またな。お前を必要とするなにかがあればいつでも要請するぜ」

「ああ、全部了解や。ありがとう」

「それからな。本庁西垣からの情報や。広島にいるボス、チン・シュウ・ミンはタンクローリーがアジトに落下させたことを知り、唖然としていた。冷や汗をたらし訳の分からん独り言のように、俺らは化け物を相手にしていたのかと口走ったようだ。化け物に殺される前に国外逃亡の手配をしたということだ」

「そうか。これからは入国禁止やな」

青木は、岩城島の若い漁師の高木裕一にもお礼の電話を入れた。

恵利子は窓際で電話するうしろ姿を見ていた。よくわからないが、海上保安庁にいながらアメリカ海軍の特殊部隊の一員なのか。むちゃくちゃな男なのか無謀な救出劇だったのだろうか。その男にとってはなんでもない、ごくあたり前のことなのだろうか。全身鋼のようなしなやかな肉体を持っている男。そのしなやかな盛りあがる筋肉。厚い胸、太い腕。恵利子は思っていた。二十七の夏……思い出の男性……青木治郎さん。いま、この時間ふたりだけの世界。抱いてほしい。このような男に抱かれないことはわたしの女としての履歴に汚点を残すようなものである。いまの彼もめぐり逢った男のなかで最高の部類に入ると思う。世のなか彼だけではない。そうではない男にめぐり逢うこともある。何気なく先に声をかけたこともその男と出逢いの必然性があったのだ。とんでもないことを経験した。このような経験はとうていありえないことであった。夢を見ているようであった。初めて見た銃撃戦、いま思えば恐怖の底であったのだろう。救出すると言われたとき、なにがなんだかわからなかった。夢中でしがみついていた。その男とわかったときに安心したというより胸に飛びこみたかった。特急の屋根からわたしをおんぶしてパラグライダーで空中に脱出する。信じられないことだった。この街で数日の間、わたしのために動いていたのでしょう。髭もそらないで救出してくれた青木さん。その風貌から完璧な仕事をするプロの姿に思えた。恵利子はスーツを脱いだ。そしてアンダーウエアのままでうしろに立っていた。電話を終えた青木がふりむく。

「どうした……」

「抱いてほしい……」

「……」

呼吸が整った恵利子は身体を預けていた。いま、ここにいるのは現実のわたし、北島恵利子じゃない。ここにいるのは別のわたしなのだ。青木さんに誘われてきた幻想の世界。ときの玉手箱のなか、夢の世界にいるわたしなのだ。そう思っている恵利子だった。呼吸も整ったころ恵利子はきいた。

「いままでごくごく普通に生きてきたわたしがどうしてこのような時間を持つことになったのか不思議でならないの」

青木は、おおきく深呼吸をした。そして静かに語った。

「たぶん、ときの流れのなかの人との出逢い。きっとその出逢いを大切にしたからでしょう。人はひとりでは生きていけない。誰も知らない誰も気がつかないところでいつも誰かが誰かを見つめているのでしょう」

恵利子も深呼吸をして考えていた。出逢いの大切さなのか、幾多の数え切れない出逢いがあった。そのなかのひとつになるのか。

「出逢いの大切さですか……」

「……」

素晴らしい出逢いであった。二度とない出逢いだった。恵利子は再び青木に抱きつき泣いていた。

エピローグ

十一月二日午前十時三十分……商工企画課長宮本はまだ来ないだろう。青木は恵利子を赤煉瓦館の前におろした。静かな大洲の街、午前中である。まだ多くの観光客は来ていない。館の事務員も気づいていないのか館の前は閑散としていた。僅かに老夫婦と見られる二組のカップルがいる。課長の言う『赤煉瓦館にたたずむ女』なのか。赤煉瓦に白のスーツがマッチしているのだろう。

「じゃ……恵利子さん。お元気で。いつの日かのめぐり逢いを」

「ありがとうございました。このご恩は一生忘れません」

「いや、早く忘れないと明日がわからなくなるぜ」

恵利子は思っていた。忘れなさいとはとんでもない。最強の男に出逢い、強烈な印象を残した夏は絶対忘れえない。特急から夜空に飛び立つような衝撃的なわたしの救出劇をとうてい忘れることはできない。心に誓っていた。青木さんとの出逢いとその思い出、救出されたそのメモリーは生涯忘れることはない。恵利子は夏の口づけを思いだしていた。

「さよならのキスをください」

「……」

青木は軽く口づけをした。恵利子から幾筋かの涙が流れていた。さあ仕事は終わった。車を宇和島海上保安部に返さなければならない。官用車に乗りこんだ。

「グッバイ……恵利子さん」

「さよなら……青木さん。さよなら」

定番のサングラスをかけ、軽く敬礼の真似をして車を発進させた。

夏の出逢いから二ヶ月。わたしの心を奪った……予期せぬ拉致からわたしを救出してくれた。海上保安庁最強の男といわれる青木さんがいま、わたしの前から去っていく。恵利子の脳裏に『オールウェイズ・ラブ・ユー』の詩が浮かんでいた。

ふたりの別れを、松葉杖をつきながら宮本は見ていた。声をかけようと思っていたがやめた。最強の男の去りゆく姿なのか……ふたりの間に行くこともないだろう。そのようにしたいと考えた宮本だった。約束は午前十一時だった。恵利子は宮本の存在に気づき、ふり返り寄り添い泣いていた。

「課長、ありがとうございました」

「よかった」

娘のように恵利子を抱きしめる宮本だった。

十一月三日、市民が待っていた大洲まつり。パレードの先頭で恵利子は笑みを浮かべ市民に手をふっていた。パレードを見る観客の片隅にミス大洲北島恵利子を見つめる青木と古谷専門官、合田パイロットの男たちがいた。サングラスの奥に光る眼光はやさしさにあふれていた。

午後二時五十分……松山空港ヘリ発着スポット。黄色と青の救難服を着た青木、そして、今回の舞台になった大洲に近い宇和島海上保安部専門官の古谷、青木を送り迎えする広島航空基地の敏腕パイロットの合田がＭＨ六百五十三を待っている。横にミス松山の山中裕子がいる。

古谷が声をかけた。

「今回は無理言ってすまなかった。エコー二十七の救出ありがとう。助かったぜ」

「いや、俺ひとりじゃなにもできない。古谷や合田。それに山中裕子さんがいてくれて関口がいる。有能なスタッフに恵まれたからだよ。まだいるぜ。大洲市の宮本課長はエコー二十七を娘のように考えている」

「そうかも知れない。しかし、情報の分析やロケットランチャーやパラグライダーをつかいこなすお前がいればこそだった」

「そうか。またなにかあれば連絡をくれ」

「了解や」

青木は、そばで三人を見ていた裕子に声をかけた。

「山中裕子さん今回はほんとうにありがとうございました。裕子さんや古谷、それに宮本さんのお陰で作戦は成功しました。誰もけがをすることなく」

「いいえ、わたしは運転をするだけでしたよ」

「その運転が大変効果的でありました」

「うれしいわ。そのように言っていただけると……」

このことは言っておこうか、作戦が成功したのだからいいか。

「それから裕子さん。今回の作戦はある女性を悪党から救出したのですが、その女性はあなたのよくご存じの女性です」

「えっ、ある重要なものって言っていたけど、わたしの知っている女性なのですか？」

「そうです。よく知っている女性です」

わたしの知っている女性？　いったい誰だろう。見当がつかなかった。青木さんとなにか関係ある女性なのかな。どこかの街の女性なのだろうか。

「そうですか。支障なければ教えていただけませんか？」

「びっくりするでしょうけど、その女性はミス大洲北島恵利子さんです。携帯でエコー二十七といっていたのは北島恵利子さんのことでした」

「……」

しばらく青木を見つめていた裕子の目からみるみるうちに涙があふれていた。

「愛媛県のために一緒に仲良く活動していた恵利子さんがそのようなことになっているなんて、思いもしなかっただろう。事実なんだ裕子さん。でも、もう無事に救出された。今日の大洲まつりに元気な姿を見せているよ」

ハンカチをだして裕子の目元にあてる青木だった。そして、軽く裕子を抱きしめる。顔を青木の胸に埋める裕子。愛しい裕子よ、ありがとう。

「ミス大洲北島恵利子は、いまごろお姫様役でパレードをしている。大勢の市民に手をふっているでしょう」

そうなの、恵利子さんがそのようなひどい目にあっていたの。助けることができてほんとうによかったわ。

はるか彼方にベル二一二型広島航空基地所属のＭＨ六百五十三が先陣をきって二機の六百五十四と六百五十五を引き連れて飛来する。見るまにエンジンの音と機体がおおきく見えてくる。やがて松山空港に着陸した。裕子も事実としてきいていたが気をとりなおしていた。

「迎えのヘリが来たようです。これでさよならです」

「今回のデートは……いえ作戦の加担はわたしの最高のメモリーになりました。青木さんを生涯忘れることはありません」

「そうか。そのように思っていただければありがたい。ありがとう」

「青木さん元気でね……」

「裕子さんも元気で。いつかのめぐり逢いを」

「ありがとうございました。今度はわたしをすてきなデートに誘ってください」

「ああ、約束します」

「ありがとう。最高のデートを楽しみにしています」

もう帰るのね。夏の日その出逢いと数日の行動の思い出に誘われていたのか。再び裕子の目からおおきな涙があふれた。

「泣くなよ……裕子さんには似あわないよ」

裕子の目元を指でなぞっていた。なにも言わないまま裕子は青木にしがみついていた。しっかり裕子を抱きしめていた。裕子が口づけを求めている。力いっぱい裕子を抱きしめる青木だった。裕子も抱き返しにくる。口づけをかわすふたり、くちびるを離すと裕子は再び青木にしがみついてきていた。

「数日のアシストほんとうにありがとう。デートは約束します。グッバイ」

「さよなら……青木さん」

親指を立てて、機長が交代した合田の待つMH六百五十三に乗りこんだ。やがてターボプロップエンジンの音がおおきくなる。ローターがうなりをあげて回転する。ダウンウォッシュの風が裕子を包む。MH六百五十三の機体が浮く。窓越しに見える裕子の顔、悲しそうだが裕子にも恵利子にも明日がある……がんばれよ。いつの日か笑顔で再会を……。ちいさく手をふる裕子……青木もちいさく手をふっていた。やがてＭＨ六百五十三の機体がちいさく。また裕子の姿もちいさくなりつつあった。

（了）

〈著者紹介〉
風向良雄（かぜむき よしお）
高校卒・昭和48年海上保安庁（海上保安学校）巡視船艇乗船、海上保安部等陸上部署（警備救難・航行安全担当）勤続40年。

闇《やみ》の行動指令書《こうどうしれいしょ》
しまなみ海道《かいどう》に消《き》えたミス

2023年8月25日　第1刷発行

著　者　　風向 良雄
発行人　　久保田 貴幸

発行元　　株式会社 幻冬舎メディアコンサルティング
〒151-0051　東京都渋谷区千駄ヶ谷4-9-7
電話　03-5411-6440（編集）

発売元　　株式会社 幻冬舎
〒151-0051　東京都渋谷区千駄ヶ谷4-9-7
電話　03-5411-6222（営業）

印刷・製本　中央精版印刷株式会社
装　丁　　秋庭 祐貴
装　画　　田ヶ 喜一

検印廃止

Printed in Japan
ISBN 978-4-344-94511-1 C0093
幻冬舎メディアコンサルティングＨＰ
https://www.gentosha-mc.com/

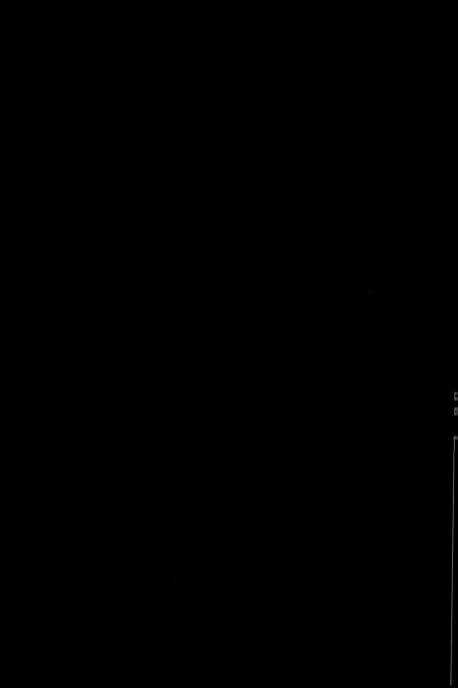